VOTO INVOLUNTARIO

MATRIMONIOS MAFIOSOS LIBRO 4

WILLOW FOX

SLOWBURN
PUBLISHING

Voto Involuntario

Matrimonios de la Mafia Libro Cuatro

Willow Fox

Publicado por Slow Burn Publishing

© 2022

v2

Traducido por julianabm92

CAPÍTULO UNO

OLIVIA

Una vez que se toca fondo, nada importa. No hay otro lugar al que ir que no sea hacia arriba, es una mentira.

Siempre puedes caer más fuerte, más rápido, más lejos, directamente al infierno.

—¿Dime por qué estás haciendo esto?

Su pregunta me pilla desprevenida. No debería, pero no tengo una respuesta que él quiera escuchar. La verdad no es bonita. Es áspera y desgarrada en los bordes, como yo.

Rota.

Desgastada.

Abandonada.

—Necesito el dinero —digo.

Probablemente me tache de su pequeña lista.

Garabatea algo en su cuaderno de notas que está situado sobre su regazo. Una pierna está doblada sobre la otra.

Está relajado, cómodo. Diablos, el hombre podría ser un modelo.

Intento no sacar a relucir mi almuerzo.

Sus ojos se estrechan. Hay algún pensamiento que pasa fugazmente por su cabeza. No tengo ni idea de qué es y si tiene que ver con esta entrevista o se está preguntando qué debería pedir para su próxima comida.

Jace Barone.

Multimillonario. Propietario y director de Industrias Barone.

Es dueño de un montón de empresas subsidiarias, pero Industrias Barone es conocida por su enorme alcance en la tecnología con fines médicos, profesionales, científicos e innovadores. Al menos eso es lo que leo en el folleto de camino a su despacho.

Su sonrisa es tensa. Apenas ha mirado mi currículum, sin impresionarse.

—¿Tiene hijos en casa?

¿Perdón? ¿Qué clase de pregunta es esa para una entrevista de trabajo?

Aprieto los labios. No es asunto suyo.

—No.

—¿Pero ha hecho esto antes? —pregunta Jace.

Cierra la carpeta de cuero que contiene su bloc de notas y juguetea con su bolígrafo, golpeándolo contra el cuero negro.

—Normalmente, el entrevistado explica por qué debería ser elegido, qué tiene que ofrecer, aparte de la apariencia.

¿Cómo se atreve?

Quiero borrarle la mirada de suficiencia de la cara.

—Escucha, lo siento. Fue un error venir aquí —digo y me pongo de pie. No fue del todo mi elección, pero estoy aquí, y necesito un trabajo, pero no puedo ser asistente de un multimillonario imbécil. No tengo experiencia y él es muy poco profesional. Sorprendentemente, no ha sido demandado.

Sus habilidades de entrevista son significativamente deficientes y me hacen sentir más que ligeramente incómoda.

—Siéntate —me gruñe Jace.

Me desplomo en la silla. No puedo imaginarme que vaya a contratarme.

¿Es para torturarme? Hay algo desesperado y algo patético.

Me siento como lo segundo.

Coloca su carpeta de cuero en el escritorio frente a él y junta las manos.

—Me disculpo si estoy un poco al límite. Mi vida personal ha sido una batalla cuesta arriba estas últimas semanas —dice Jace.

Obligo a sonreír.

—No pasa nada.

—En absoluto, pero te agradezco tu consideración —dice—. Ahora, quiero saber por qué te gustaría gestar a mi hijo.

El color desaparece de mi cara. La habitación gira, y lo siguiente que veo es oscuridad.

CAPÍTULO DOS

JACE

¿En serio se desmayó durante la entrevista de subrogación?

La entrevista en mi oficina fue una mala idea. No puedo creer que Matteo, mi segundo al mando, tuviera esta idea.

Debería despedirlo.

Un segundo, estoy hablando, y ella no parece prestarme atención. La mirada lejana y distante me hizo un nudo en el estómago.

He visto esa mirada antes.

Mi hermana menor se desmaya mucho. A diferencia de la mayoría de la gente, he aprendido a ver las señales.

Salto de la silla y cojo a Olivia cuando cae al suelo antes de que se golpee la cabeza.

Parpadea varias veces y me mira fijamente.

Con ella tumbada en el suelo, saco mi teléfono para llamar al 911.

—Qué vergüenza —murmura en voz baja. Olivia intenta separarse de mí para ponerse de pie.

—No te muevas —le digo—. Voy a llamar a una ambulancia. Te has desmayado.

—Estoy bien —dice mientras se incorpora—. Por favor, no llames a una ambulancia.

Es difícil no preocuparse, y no puedo permitirme que me demanden. No dejo que se levante.

—Quédate ahí —insisto. Me agacho hasta su nivel, vigilándola de cerca. Sus mejillas recuperan poco a poco el color. Cojo una botella de agua de mi mesa. Todavía está cerrada desde esta mañana. Todavía no la he abierto para mí.

Le quito la tapa y se la doy.

—Bebe —le ordeno. Tiene que estar hidratada.

Sus manos tiemblan cuando se lleva la botella a los labios.

—¿Te desmayas a menudo? —intento entablar una conversación trivial. No puede ser la madre de alquiler de mi hijo si tiene problemas de salud que la llevan a desmayarse al azar en lugares extraños.

Sacude la cabeza y hace una mueca de dolor.

—No, no he desayunado.

Miro el reloj de la pared. Son casi las cuatro de la tarde.

—¿Y el almuerzo?

Sonríe, con los labios apretados.

—Me lo he saltado.

¿Por qué demonios no ha comido nada en todo el día?

—Creo que hemos descubierto al culpable —digo.

¿Cómo puede saltarse dos comidas? ¿Está preocupada por su peso? Intento no mirarla, pero tiene unas curvas deliciosas. No parece que se esté muriendo de hambre, pero ¿qué sé yo? Apenas he pasado veinte minutos con esta mujer.

Busco mi teléfono y ella me pone una mano en la muñeca.

—Por favor, no puedo pagar las facturas médicas.

Hay desesperación en su tono.

—Déjame enviar un mensaje a uno de mis empleados para que te traiga algo de comer —le digo—. Yo invito. ¿Está bien?

Ella asiente de mala gana.

Bien, me alegro de no tener que discutir con ella y convencerla de que se quede sentada mientras tengo que hacerle tragar una comida a la fuerza. Eso sería mucho menos cómodo.

Cancelo la llamada original y le envío un mensaje a Matteo.

Trae un zumo de naranja y un sándwich. La de las 3:30 acaba de desmayarse en mi despacho.

Matteo me devuelve el mensaje. Tres puntos

parpadean en la pantalla antes de que se me revuelva el estómago.

Tu cita de subrogación de las 3:30 fue cancelada hace unas horas.

Entonces, ¿quién demonios es la chica de mi oficina?

CAPÍTULO TRES

AYER POR LA *mañana*

Olivia

Se oye un golpe seco en la ventanilla de mi coche, que me saca del sueño.

He dormido en mi vehículo, en el aparcamiento de Walmart.

Es de día y hace sol. Mi vista tarda unos instantes en adaptarse a la luminosidad.

Mierda, es la mafia.

Luka Caruso, es el jefe de la familia Caruso. El gran jefe. ¿Por qué demonios no me acosa uno de sus hombres en su lugar?

A Luka le gusta hacer saber que está a cargo de esta ciudad.

Mi marido, John, hizo negocios con los Caruso. Por suerte, John está muerto, pero nunca pagó su deuda, y me la han pasado a mí.

Incluso en la muerte, mi marido me jodió. Era un marido de mierda, pero no merecía morir. A última hora de la noche, a veces me pregunto si Luka Caruso tiene la culpa de la muerte de John.

Bajo la ventanilla. No es que tenga elección en el asunto. Aunque huya, Luka me encontrará.

Tengo la boca seca y me preocupa lo que pueda hacerme. ¿Me cortará los dedos? ¿Incendiará mi coche?

—No lo tengo. En cuanto consiga un trabajo, te lo devolveré —digo, desesperada.

¿No se da cuenta de que vivo en mi coche? No es que esté conduciendo un coche deportivo nuevo y durmiendo en una mansión.

Saca una tarjeta de visita.

—Tienes una entrevista mañana. Si te pregunta, dile que te envía tu amiga Avery Seymore.

—¿Conoces a Avery? —pregunto. Mi estómago se tensa. ¿Ella también está en deuda con ellos? No la he visto desde el funeral de Austin.

No responde a mi pregunta.

¿Por qué iba a esperar que me dijera algo? Tengo suerte de que aún no me haya metido una bala en la cabeza. Lo hará si no le pago las deudas de mi difunto marido.

¿Qué parte de la ciudad posee la familia Caruso?

Debería huir. Dejar la ciudad. Salir mientras pueda, mientras esté viva. Estos hombres no juegan. Asesinan a gente inocente.

Miro la tarjeta de visita de Industrias Barone. Todo el mundo ha oído hablar de la empresa. Son una de las cinco organizaciones más importantes del mundo.

—¿Qué tipo de trabajo es? —tengo un currículum, pero no es que tenga una tonelada de experiencia laboral.

—¿Importa? Le debes a los Caruso, y hemos venido a cobrar. Convence a Jace Barone para que te contrate, y te dejaremos vivir.

—¿El multimillonario? —chillé. No es un secreto que es uno de los hombres más ricos del mundo. ¿Cómo voy a convencerle de que me contrate?

¿Qué puedo ofrecerle que ningún otro candidato pueda?

CAPÍTULO CUATRO

OLIVIA

Hay un cambio en el comportamiento de Jace Barone. Sus ojos parpadean mientras lee el mensaje de texto en su pantalla.

—No es ninguna molestia. Puedo irme —digo. Probablemente no debería haber admitido que no había comido nada en todo el día. No es que no tuviera tiempo o no quisiera comer.

Es que no tenía dinero.

Mi cartera está vacía. Y he estado viviendo en mi coche durante las últimas dos semanas desde que me desalojaron. No es que necesite saber eso. No estoy aquí por una limosna.

Estoy aquí por un trabajo y para arreglar una situación que ya es mala, no para empeorarla.

Aprieto las manos en el suelo y pretendo ponerme de pie.

—Vuelve a sentarte —me ordena.

—Entonces, ¿supongo que el trabajo está descartado? —me río nerviosamente y aprieto los labios.

Se pasa una mano por su espeso pelo oscuro. Sus ojos verde oscuro se clavan en los míos. Odio admitirlo, pero es endemoniadamente guapo. Mucho más guapo que mi última aventura, que me dejó embarazada. Me dejó en cuanto me quedé embarazada y luego volvió corriendo para casarse conmigo cuando nació el niño y perdió su trabajo.

Mira que hablar de amor de verdad.

Es una mierda.

—Trabajo —dice y me mira fijamente. Sus ojos se tensan, y vuelve a haber ese extraño parpadeo. Sus iris verde oscuro tienen motas de ámbar y oro mezcladas. Su mirada es hipnotizante—. ¿Para qué trabajo crees que estás aquí? —pregunta.

—Ahora, ¿quién se golpeó la cabeza? —pregunto.

¿Me está probando y asegurándose de que estoy coherente después del desmayo?

—Un puesto de asistente en tu organización, Industrias Barone —digo—. Mi amigo, Avery Seymore, me habló de la vacante. Me retracto exactamente de lo que Don Caruso me dijo que dijera.

Jace no puede saber que me estoy asociando con la mafia.

Nadie puede saber la verdad.

—Asistente —reflexiona sobre las palabras y se acaricia la mandíbula—. Sí que necesito una asistente, pero no sabía que íbamos a contratar a alguien de fuera. Sacude la cabeza—. No conozco a un Avery, y tengo que disculparme por lo que probablemente haya parecido un interrogatorio antes.

—Uno bastante inapropiado, debo añadir —digo.

¿Se da cuenta de que el tipo de preguntas que ha hecho podría meterle en un lío? Cualquier otro habría sido despedido por sus preguntas.

Llaman a la puerta con fuerza.

—Pase —dice Jace.

Otro llamativo caballero con traje de negocios, quizá unos años más joven que Jace pero no mucho, trae un sándwich de charcutería envuelto, una botella de zumo de naranja y una bolsa de patatas fritas. Parece que ha pasado por la cafetería y ha cogido un sándwich ya hecho.

Tiene un aspecto delicioso.

Se me hace la boca agua al verlo.

Tal vez pueda coger el sándwich y largarme. No quiero estar bajo su escrutinio ni responder a más de sus inapropiadas e incómodas preguntas.

—¿Qué tal si te sientas en mi mesa? —pregunta Jace.

El caballero que trae la comida dirige a Jace una mirada peculiar. Parece mayor de lo que esperaría de un asistente. ¿Quizás por eso están contratando para el puesto?

—No es necesario —digo. Quiero irme lo antes posible, pero tengo la sensación de que no me va a dejar marchar hasta que me diga que puedo ir.

—No estaba preguntando —dice Jace.

Me ayuda a ponerme en pie, con un brazo alrededor de la cintura y el otro en el brazo mientras prácticamente me levanta.

Me siento mareada, pero no se lo digo a él. La última vez que me mareé fue después del funeral.

Jace sigue sujetándome, probablemente para asegurarse de que no me caigo. Sería un gran lastre si me hiciera daño, y aunque es multimillonario, estoy segura de que no quiere tener que pagarme para que me vaya y no hable nunca de ello.

No puede seguir siendo multimillonario tirando su dinero por ahí.

Jace me acompaña a su enorme sillón de cuero y me hace sentar en su escritorio.

El material es suave y fresco. Es mucho más cómodo de lo que podría haber imaginado. El sillón probablemente cuesta más que el valor actual de mi coche aparcado fuera.

Una vez que está seguro de que no me voy a caer, acerca la silla al escritorio y rebusca entre los papeles, guardando todo lo confidencial en el cajón de su escritorio y cerrándolo después.

La llave, en su llavero, vuelve a meterse en el bolsillo.

El otro caballero coloca la comida en el escritorio de Jace.

Es un poco exagerado, pero primero cojo el zumo de naranja. Me tiemblan las manos y tanteo la tapa.

Jace me quita la botella, la abre y me la devuelve.

Sonrío tímidamente.

—Gracias.

—Jefe —dice el otro caballero y asiente hacia la puerta.

—Tengo que ocuparme de algunas cosas. ¿Puedes sentarte aquí, comer tu almuerzo y no meterte en problemas? —pregunta Jace.

Siento que me habla como si fuera una niña pequeña. Sin embargo, se está desviviendo por mí, así que asiento con la cabeza y bebo un sorbo de mi zumo de naranja. No quiero abusar de la hospitalidad. Quiero irme, pero probablemente tenga razón. Si me desmayo en el ascensor, ¿quién va a ayudarme a bajar al coche?

Y no puedo permitirme un viaje en ambulancia, y mucho menos una factura enorme del hospital, que es lo que me tocaría sin seguro.

Jace se retira del despacho, cerrando la puerta.

Se queda de pie en el lado opuesto. No tengo ni idea de lo que está diciendo, pero está bastante animado con su colega.

Jace parece enfadado.

¿Es por mí?

¿Le molesta que el caballero haya tardado unos minutos en traerme algo de comer? No quiero ser una imposición.

Desenvuelvo el sándwich. Aunque quiero saborear cada bocado, no puedo. Me muero de hambre.

Un sándwich de pavo nunca ha sabido tan delicioso en mi vida. No me importa que el pan esté frío, ligeramente rancio y seco.

Me trago el zumo de naranja entre bocado y bocado. El sabor es rico y espeso. Dulce como la melaza. Lo mejor de todo es que no tiene pulpa. Sin embargo, no sería especialmente exigente.

Ya siento mi cabeza unida de nuevo, y el mareo se desvanece con cada minuto que pasa mientras devoro mi comida gratis.

En cuanto termine mi almuerzo, me iré. Con suerte, no estará junto a la puerta y podré escabullirme para no volver a verlo.

CAPÍTULO CINCO

JACE

—¿Quién es la chica? —pregunta Matteo.

Estoy de pie frente a él, justo fuera de mi oficina. Puedo ver a Olivia a través de las persianas abiertas. Las persianas fueron añadidas por mi insistencia, para dar un mínimo de privacidad, pero ahora me doy cuenta de que apenas hay privacidad.

—Olivia Summers. Creía que estaba haciendo una entrevista para un puesto de asistente —digo y me paso los dedos por el pelo.

¿Cómo demonios se ha estropeado esto?

Las mejillas de Matteo arden.

—La he cagado, jefe. Debería haberle dicho directamente que su entrevista se había cancelado.

—¿Quién demonios ha enviado a la Srta. Summers a mi despacho? —estoy a punto de pedir su cabeza.

—Lo averiguaré por usted, señor —dice Matteo.

Exhalo una fuerte bocanada de aire, mirando fijamente a la chica sentada en mi escritorio.

Nadie se sienta nunca en la silla de Don Barone.

Nunca.

Pero cuanto más tiempo la miro a través de las persianas, más me doy cuenta de que la quiero.

No como asistente. Y ciertamente no en la intimidad.

No me malinterpretes, está muy buena, con un cuerpo curvilíneo y oscilante, pero no mezclo los negocios con el placer. Lo último que necesito es que una chica se entere de mis profundos y oscuros secretos.

Son secretos por una razón.

Ya casi no tengo citas. Hay demasiadas mujeres por ahí buscando perseguir mi dinero. Es más fácil jugar en el campo.

Más seguro.

Más barato.

No necesito una novia colgando de mi brazo en las funciones. Soy el jefe de Industrias Barone. ¿A quién demonios tengo que impresionar? A nadie.

—La quiero —digo, mirándola por la ventana.

—¿Perdón? —dice Matteo y se aclara la garganta. Espera que diga algo más y finge que no ha oído lo que he dicho.

No, me ha oído bien.

—La quiero como mi sustituta.

—Señor, no puede entrar ahí y...

—Al diablo que no puedo. Soy Jace Barone. Hago lo que me da la gana. Ayuda que tengo más dinero del que necesito, y tengo la sensación de que la pequeña tigresa de ahí dentro está desesperada por un trabajo.

Excepto que no es el trabajo para el que vino esperando ser contratada.

—Piense en lo que está sugiriendo, señor —dice Matteo.

Él siempre es sensato. Tranquilo.

Yo soy impulsivo.

Él es el yin de mi yang. Es lo que lo convierte en un gran compañero.

Pero yo soy el jefe, no Matteo. Lo que significa que hasta mis peores ideas puedo verlas. Nadie puede despedirme. Claro, tengo una junta directiva con la que tengo que tratar, pero no estoy sugiriendo que este pequeño tigre venga a trabajar para mí profesionalmente.

Aunque no es la peor idea.

Acostarme con ella, enterrar mi polla dentro de su estrechez, es la peor idea.

Y a la mierda si no puedo tener la cabeza despejada.

La mayoría de las mujeres me persiguen. El hecho de que ella parezca inmune a lo que soy, es muy sexy.

Diablos, ella es sexy. Solo la forma en que se comporta y no tiene miedo de hablar libremente. Eso es sexy como el pecado.

Vuelvo mi atención a Matteo. Puede objetar todo lo que quiera. Siempre me salgo con la mía.

—Tengo abogados contratados que pueden asegurar que todo saldrá bien.

—Aun así, hacer esa sugerencia podría ser motivo de una demanda. La mujer vino a su oficina para un puesto de asistente y luego usted sugirió que se convirtiera en una madre de alquiler. Hemos utilizado una agencia. ¿No le parece que es mejor que sigamos haciendo las cosas como hasta ahora?

Puede mandar a la agencia a la mierda. Nadie me notificó que la madre de alquiler había cancelado nuestra cita. Deberían haberse puesto en contacto conmigo directamente, no con mi segundo, Matteo. Probablemente fue un descuido, pero es un problema.

—Creo que debería preguntarle antes de descartar la idea por completo —digo, mirando fijamente a Matteo.

No oigo cómo se abre la puerta del despacho.

Olivia sale, con los ojos azul pálido muy abiertos y brillantes. Se coloca un mechón de pelo rubio fresa detrás de la oreja. Es hermosa.

Impresionante.

Me imagino la mezcla perfecta de nuestros hijos. Aunque espero que sea un niño para que continúe mi legado, incluso sería feliz con una niña que se pareciera a ella.

Ella es lo que he estado buscando.

Aunque poco convencional en el mejor de los casos, le daré la oportunidad de elegir.

La decisión es totalmente de ella.

Pero siempre consigo lo que quiero.

—Gracias por el almuerzo. Debería irme —dice Olivia, mirando entre Matteo y yo. Tiene los hombros caídos. Intenta ser invisible, pero no es posible.

Nunca podría olvidar a una mujer como ella, y eso que nos acabamos de conocer.

—Antes de que te vayas —le digo y apoyo mi mano en su brazo. La guío de vuelta a mi despacho y cierro la puerta antes de que Matteo pueda interrumpirla.

Estoy seguro de que se está mordiendo la lengua, queriendo gritar lo mala que es esta idea. No soy idiota. Nunca pensé que fuera lo ideal, pero a veces las cosas suceden. Las oportunidades caen a tus pies en la puerta de tu casa, y tienes que aprovecharlas.

Le estoy dando esa oportunidad.

La oportunidad de su vida.

—No quiero quitarte más tiempo. Estoy segura de que estás ocupado y ya has sido demasiado amable —dice Olivia. Está tanteando con sus palabras.

Hay un nerviosismo en su exterior, que es dulce, entrañable. En otra vida, podríamos haber tenido una oportunidad.

Pero no soy ese hombre, el marido dulce y sano.

No puedo ser ese hombre.

Nunca lo seré. He aceptado mi papel, mi destino. He pasado mi vida centrándome en mi organización, tanto en Industrias Barone como en la familia, los hombres a los que apoyo.

No hay lugar para una esposa o una reina en el trono.

—Tengo una oferta que me gustaría hacerte —digo y me aclaro la garganta.

Los ojos de Olivia se abren de par en par. Son del azul más brillante que he visto nunca. Brillan por el reflejo de las ventanas del suelo al techo que dan al océano Pacífico. Fuera hace sol. Hoy está cegadoramente soleado.

—¿Me ofreces el puesto de asistente? —pregunta.

—No —le digo. Mantengo la calma y la serenidad en mi voz. No quiero darle ninguna pista—. Siéntate. Le señalo la silla en la que estaba antes para la entrevista.

Me acomodo en el borde de mi escritorio mientras ella se sienta. De esta manera, estoy lo suficientemente cerca como para asegurarme de que la atraparé si vuelve a desmayarse.

—¿Te desmayas muy a menudo? —le pregunto.

Su ceño se frunce.

—No, es la primera vez que me desmayo —dice Olivia—. Lo siento. ¿Qué tiene que ver esto con la oferta que me haces?

No es de extrañar que esté confundida. No le he explicado bien las cosas.

—Estoy buscando contratar una madre de alquiler —le digo.

—Déjame adivinar. ¿No estás contratando a una asistente? —pregunta Olivia, con la decepción reflejada en su rostro.

—Por el momento, no —le digo. Junto las manos delante de mí—. Estoy buscando una mujer que esté dispuesta a gestar a mi hijo. ¿Has tenido hijos antes?

—¿Me estás pidiendo que sea un vientre de alquiler? —Olivia tose y yo cojo la botella de agua de antes y se la ofrezco—. Lo siento. Estoy un poco nerviosa. No esperaba ese tipo de oferta.

—Estaría dispuesto a pagar a la madre de alquiler cincuenta mil dólares al mes, junto con un buen estipendio para ropa de maternidad y cualquier otra necesidad. La atención médica sería pagada y proporcionada por mi médico de elección. Quiero lo mejor para mi hijo.

Se tira del labio inferior entre los dientes.

La he hecho sentir incómoda. Debería haberlo visto venir. No soy un idiota, pero preguntarle a ella fue francamente estúpido.

—¿Has tenido hijos antes? —le pregunto.

La agencia de vientres de alquiler exige que la mujer haya tenido al menos un embarazo y un parto sanos y a término.

—Sí, un hijo —susurra—. Está... con su padre.

Le miro la mano.

—¿Estás divorciada? —no veo ningún anillo en su dedo.

Sus ojos se tensan, pero no responde.

No es habitual que un padre tenga la custodia completa.

¿No puede permitirse un buen abogado? Quiero ayudarla.

Matteo me gritaría que me apartara y que la dejara en paz. Pero no puedo hacer eso. No quiero hacer eso.

—¿Qué tal si te dejo pensarlo? —digo. Saco una tarjeta de presentación de mi cartera y la volteo, garabateando mi número de teléfono celular en el reverso.

Le entrego la tarjeta y ella exhala un suspiro tembloroso.

—Hazme saber lo que decidas.

Sin mediar palabra, me coge la tarjeta.

La acompaño fuera de mi despacho hasta el ascensor, asegurándome de que encuentre el camino hacia abajo. Pulso el botón de bajada y ella se queda mirando la tarjeta.

El ascensor suena y ella entra.

—Piénsalo.

CAPÍTULO SEIS

OLIVIA

Debo estar loca por considerar su petición.

Quiere que sea un vientre de alquiler para su hijo.

Eso es una locura.

Debería haberle dicho que no. Negarme rotundamente en el acto. No soy una fábrica de bebés para un multimillonario que quiere un hijo.

Pero la paga es más de lo que podría ganar en un año y eso es solo por un mes. Nueve meses de embarazo es mucho dinero para un trabajo temporal. Tal vez si empiezo a pensar en ello como un trabajo temporal, será más fácil de desenredar en mi cabeza.

En cuanto salgo del edificio, saco el móvil y llamo a Harper.

Hace varias semanas que no hablo con ella. Éramos las mejores amigas de la infancia. Se mudó a Breckenridge para estar con el guapo guardaespaldas que conoció durante el rodaje de un largometraje. Se establecieron y formaron una familia.

He descuidado el contacto con ella. Además, ha estado ocupada con su famoso estilo de vida en Hollywood. Pero siempre nos llamamos en los cumpleaños y en Navidad.

Si supiera los problemas que tengo con la mafia y que vivo en mi coche, volaría a Los Ángeles y me salvaría el culo.

Pero no necesito que me salven, y no estoy buscando una limosna.

Jace Barone no dijo que tenía que mantener su oferta en secreto. Quiero decir, incluso si lo hiciera, alguien inevitablemente descubriría que tiene un hijo.

Será noticia de primera plana.

Siempre está en las noticias, constantemente es bombardeado por los medios.

Mi estómago da un vuelco.

¿Es eso lo que tengo que esperar si digo que sí? Jace es famoso, y los focos parecen seguirle a todas partes. Tanto en lo bueno como en lo malo.

Llamo a Harper, pero no contesta. Le dejo un breve mensaje, exigiendo que me llame cuanto antes. No le indico por qué. No es que crea que los teléfonos están intervenidos, pero ¿cómo le diría que uno de los hombres más ricos del mundo me ha pedido que lleve a su hijo como vientre de alquiler? Es un trabalenguas y es probable que le dé un ataque al corazón.

Caminando hacia mi coche, le doy la vuelta a la tarjeta de visita, mirando su nombre en letras doradas que brillan bajo el sol de la tarde.

—¿De verdad quieres que tenga tu hijo? —murmuro para mis adentros.

¿Estoy loca por pensar que podría seguir adelante con esto?

Hay mucho dinero en juego y he estado viviendo en mi coche. Estaría loca si dijera que no. Por supuesto, es aún más loco para mí estar de acuerdo.

Desbloqueo mi coche y me siento en el asiento delantero. Le doy la vuelta a la tarjeta de visita y marco su número. No llevo ni diez minutos, pero no puedo arriesgarme a que cambie de opinión.

Necesito el dinero, y esta es la mejor oportunidad para empezar de nuevo. Cuando termine, puedo tomar el dinero y dejar esta ciudad atrás. Entonces, conduciré a Breckenridge y veré a mi viejo amigo del instituto. Éramos prácticamente inseparables. Las casas tienen que ser más baratas en el medio de la nada, Montana.

La vida debe ser más simple, también.

Será perfecto.

Marco su número de teléfono y espero que salga el buzón de voz. Es el director general de una empresa multimillonaria. Dudo que tenga tiempo para atender mi llamada.

Contesta al primer timbre.

—Habla Jace.

No puedo perder los nervios. Estoy dispuesta a colgar. Se me hunde el estómago y el corazón se me sale del pecho. Podría vomitar.

—¿Diga? —dice, respondiendo a mi silencio.

Necesito todas mis fuerzas para reunir el valor necesario para hablar.

—Lo haré —susurro.

—¿Olivia?

Por supuesto, tampoco reconoce mi número ni mi voz.

—Sí, soy Olivia Summers. Lo haré —digo.

Juro que hay una sonrisa en su cara. Tal vez solo me lo imagino.

—Bien. Necesitaré que vengas a rellenar unos papeles.

—¿En tu oficina? —pregunto, con la voz entrecortada.

Todavía no he salido. Podría volver a entrar y ocuparme de todo lo tedioso ahora. Cuanto antes, mejor. Quiero poner un techo sobre mi cabeza.

—No, en mi casa —dice—. Te enviaré la dirección por mensaje de texto. ¿Qué tal el lunes por la tarde o por la noche?

Faltan cuatro días.

Se siente como una vida. No tengo dinero en la cartera y el depósito de gasolina se está agotando: cuatro días sin una comida decente. Debería haber guardado la mitad del sándwich que me dio.

—¿Hay alguna posibilidad de que lo hagamos antes? —tal vez pueda convencerle de que me dé un adelanto de mi paga. Necesito desesperadamente el dinero, y no voy a quedarme embarazada de la noche a la mañana. Esto no funciona así.

—¿El lunes no es bueno para tu horario? Me pondré en contacto con mi abogado para que finalice el papeleo —dice Jace. Es todo negocios. No me lo imagino como padre. Parece demasiado ocupado con Industrias Barone para criar a un niño, pero los hombres ocupados tienen hijos.

—Quizá podríamos reunirnos esta noche para discutir los detalles. Nunca he sido madre de alquiler, y aparte de lo básico de llevar un embarazo a término, no sé qué esperas de mí.

—Me parece justo. Ven esta noche alrededor de las ocho. Te enviaré la dirección por mensaje de texto. Podemos repasar los detalles junto con cualquier pregunta que tengas.

Doy un suspiro de alivio.

—Genial.

Tal vez pueda sacar algo de comida de su nevera mientras estoy en su casa.

CAPÍTULO SIETE

JACE

—No debió pedirle que fuera un vientre de alquiler —dice Matteo. Cruza los brazos sobre el pecho—. Es una demanda en ciernes.

Cierro la puerta de mi despacho para que nadie más pueda escuchar la conversación entre nosotros.

—Soy consciente de los riesgos —pero la chica, obviamente está en problemas. Además, es su culpa lo que ha pasado. Si no hubiera sugerido que la agencia concertara una cita en mi oficina, nunca habría habido un malentendido.

Culpo a Matteo.

—¿Y piensa que ofrecerle ser un vientre de alquiler y tirarle miles de dólares es qué, la respuesta a sus problemas?

—El dinero resuelve muchos problemas —digo—. Hay hombres que me matarían por mi posición.

Matteo pone los ojos en blanco.

—No porque usted sea el director general de este lugar.

Lo fulmino con la mirada para observar su tono. No es que haya vigilancia o que el lugar tenga micrófonos, pero nunca se es demasiado cuidadoso.

No solo dirijo una corporación; también dirijo la mafia. Soy el jefe de la familia. Mis hombres me llaman Don Barone.

—De todos modos, ella llamó y dijo que sí. He acordado reunirme con ella esta tarde para repasar mis expectativas y asegurarme de que está al cien por cien antes de firmar el papeleo.

Me acerco a mi escritorio y abro el cajón, sacando la carpeta de manila junto con la carpeta de cuero en la que había garabateado durante su entrevista.

—¿No le preocupa lo más mínimo que esto sea un montaje? —pregunta Matteo.

Siempre es un poco paranoico. Es un buen hombre, digno de confianza, pero sus instintos solo dan en el clavo la mitad de las veces. Es como un hermano para mí, pero no tengo hermanos biológicos.

Solo tengo una hermana, que es seis años menor. No nos hablamos. Ella odia lo que hago para vivir, me desprecia. A mí tampoco me gusta demasiado.

Un ceño fruncido se dibuja en mi cara.

—Una trampa. ¿Cómo, exactamente? Vino para un puesto de asistente.

—Sí, un puesto de asistente que no existe.

—¿No la trajiste tú? Siempre estás parloteando sobre contratarme una asistente por aquí. Cómo necesito a alguien que se asegure de que no me pierda una reunión de la junta y que pueda enviar y contestar correos electrónicos por mí.

—Bueno, puede que lo haya mencionado a Recursos Humanos, pero estoy seguro de que le expliqué que sería un puesto interno. No alguien de la calle —dice Matteo.

Abro la carpeta de cuero y miro el nombre que anoté durante la entrevista con Olivia.

—¿Conoces a una tal Avery Seymore?

—Sí, trabaja en el departamento de contabilidad —dice Matteo—. Es de nivel uno, lleva unos tres años. Joven, brillante, un poco demasiado entusiasta, pero es muy trabajadora.

—Olivia mencionó su nombre durante la entrevista. Debe haberle hablado del puesto de asistente. Todavía estoy perplejo por cómo se cruzaron nuestros cables.

—Eso es culpa mía, y te aseguro que no volverá a ocurrir.

Cierro la carpeta de cuero.

—Bien.

———

Recojo la cena de camino a casa. Son casi las ocho, y no tengo tiempo de cocinar una comida sana, y menos antes de que llegue la compañía.

Esa compañía es Olivia Summers.

Me sudan las manos y el estómago me bulle.

¿Por qué estoy nervioso?

Podría rechazarme, ponerme una demanda, o humillarme e intentar destruir la reputación que he construido.

Pero no es eso lo que me inquieta.

Es el metro y medio de perfección de una mujer con la que apenas he pasado tiempo. Ella despierta un deseo dentro de mí que no puedo explicar. Hay una línea que no podré cruzar con ella.

El sexo está fuera de la mesa.

Con las anteriores madres de alquiler que entrevisté, nunca habría considerado cruzar esa línea.

Pero también decidí en contra de cada una de ellas. Una estaba casada. La segunda había sido una periodista que intentaba conseguir una historia.

No encajaban con la imagen que tenía grabada en mi mente de lo que quería.

—¿Sinceramente piensa que un vientre de alquiler tradicional es un camino a seguir? —pregunta Matteo—. Ella podría reclamar un derecho sobre el niño, y las cosas podrían complicarse. No se ofenda, jefe, pero usted es muy rico. Cualquier mujer podría aprovecharse fácilmente de su generosidad.

¿Cree que soy un idiota?

—¿Y por qué crees que estoy haciendo esto a través de la subrogación en lugar de dejar embarazada a la próxima chica que me acueste? Estoy siendo precavido. Barro los papeles de los candidatos a un lado de mi escritorio.

Matteo se coloca en el lado opuesto mientras yo me siento detrás del escritorio en mi silla de cuero.

Es cómodo.

Aunque no estoy nada relajado.

He estado estresado pensando en el hecho de que no tengo heredero. Ningún hijo que herede mi nombre o dirija la familia Barone cuando yo ya no esté. Aunque no pretendo que ese día llegue pronto, me gustaría saber que tengo un hijo que seguirá mis pasos.

—Estas candidatas son una basura —digo, clavando mi mirada en Matteo—. Cualquiera puede mentir sobre el papel.

—Señor... —dice Matteo, y le interrumpo. No quiero sus excusas.

Solo hay una manera de estar seguro de que la madre de alquiler tiene razón.

La mitad del ADN de mi hijo vendrá de la madre. No puedo depender de las estadísticas y los logros de una donante de óvulos.

Necesito ver a la madre por mí mismo, determinar si encaja bien y si mi hijo podría beneficiarse de su genética.

No se trata del color del pelo o del tono de sus ojos. Esas cosas no me importan.

Lo que busco en una mujer es terquedad y tenacidad, un fuego y una chispa que no disminuyan. Necesito una heredera que no se acobarde ante el enemigo.

Ese tipo de personalidad no se revela en un papel.

—Quiero conocer a la madre de alquiler, pasar tiempo con ella, saber sin duda que es la persona adecuada para darme un hijo.

—¿He mencionado que estoy en contra de esto, jefe?

—Repetidamente.

Un automóvil azul oscuro está aparcado frente a la calle.

Paso por delante pero no veo a nadie en el asiento del conductor. Pulso el timbre, abro las puertas de hierro forjado y entro en la entrada.

Miro por el retrovisor y me aseguro de que las puertas metálicas se cierran antes de entrar en el garaje y cerrar las puertas.

Salgo del coche, cojo la comida para llevar y entro en la casa.

Las luces se encienden automáticamente.

Desactivo la alarma y me dirijo a la cocina para coger los platos, los cubiertos y algo de beber.

Todavía no son las ocho, pero tiene que ser el coche de Olivia el que está aparcado delante. No reconozco el vehículo, y está viejo y maltrecho. Le vendría bien el dinero de ser madre de alquiler para comprarse un nuevo juego de ruedas.

Tal vez pueda endulzar el trato si ella está indecisa. Ofrecerle comprar un coche.

¿Sería eso cruzar la línea?

Como si no hubiera sido ya inapropiado al sugerirle que se convierta en madre de alquiler.

Me pellizco el puente de la nariz.

A veces hablo antes de pensar. Es un mal rasgo que podría destruirme. En mi caso, me ha conseguido la mayor parte de lo que quería de la vida. Y las pocas cosas que no, bueno, tengo a mi familia para ayudarme con eso.

Mi familia mafiosa.

Mi familia biológica está muerta para mí. Bueno, mi hermana, es decir, ella es todo lo que queda de los Barone, y me traicionó.

Dejo la bolsa de comida en la mesa y salgo. ¿Olivia ha salido a pasear?

Después de desbloquear la puerta, salgo y veo que asoma la cabeza desde el asiento trasero.

¿Estaba durmiendo en el coche?

Me acerco a su vehículo mientras ella abre la puerta trasera y sale. Lleva bastante ropa en el asiento trasero, una almohada y una manta también.

—¿Vives en tu coche? —le pregunto.

Sus mejillas arden mientras mira a mi lado, evitando el contacto visual.

—No, solo estaba echando una siesta hasta que llegara la hora de nuestra reunión —dice Olivia.

—Entra —le digo y la hago pasar por la puerta abierta y entrar en la casa—. He traído la cena a casa. Hay bastante y te prepararé un plato.

—Eso no es necesario —dice Olivia.

—¿Ya has cenado? —cierro la casa, armando la alarma antes de coger un segundo plato para ella.

—Eh, no. Todavía no. Está bien. He comido mucho —sus ojos se abren de par en par cuando se da cuenta de lo que ha dicho—. El sándwich que comí fue hace solo unas horas.

—Comerás conmigo. Saco los recipientes de comida para llevar, abro las tapas de plástico y los pongo sobre la encimera. Cojo suficientes cucharas, una para cada plato, y me hago un plato.

Olivia se queda mirando la comida.

¿No se va a servir ella misma?

—Toma —le doy el plato que tenía previsto para mí y me sirvo rápidamente la cena en un segundo plato para mí.

Si es tímida, no tiene por qué serlo.

—Ven, siéntate a la mesa. La acompaño al comedor, trayendo conmigo dos botellas de agua.

La idea del alcohol pasa por mi mente, pero quiero que esté sobria para nuestra conversación.

—Gracias por la cena —dice al sentarse—. No tenías que hacerlo.

Tengo la sensación de que ella no habría comido si yo no lo hubiera hecho.

—No es un problema —insisto—. Dime, Olivia, ¿qué te hace querer ser una madre de alquiler? —Necesito saber que no lo hace solo por el dinero. Que quiere gestar a mi hijo. No es una tarea fácil.

Su mirada está fija en su comida mientras devora con avidez la comida de su plato.

—Probablemente debería decirte lo que quieres oír, cómo puedo darte algo que no puedes hacer por ti mismo. La alegría de traer una vida a este mundo. Cómo puedo regalarte algo con lo que el dinero no se puede comparar, pero la verdad es que mis razones son más egoístas.—

—Entonces, es por el dinero.

Necesito su sinceridad, y mi mirada se encuentra con la suya.

—Sí. No —dice, tanteando las palabras.

—¿Cuál es? —pregunto, estudiándola.

Quiero la verdad.

Se pasa un mechón de pelo por detrás de la oreja y levanta la vista brevemente antes de dar otro bocado a la cena, esta vez a las verduras.

Las verduras estaban un poco insípidas para mi gusto, demasiado cocidas y no tan buenas.

Se las come como si no supiera cuándo tendrá su próxima comida.

¿Es una indigente? ¿O simplemente tiene un apetito saludable? Ella solo tenía un sándwich y una bolsa de patatas fritas antes. No es mucho para un día entero de calorías.

¿A menos que ya esté embarazada? Porque eso sería un problema. Sin embargo, el médico le hará un examen exhaustivo y físico antes de comenzar el procedimiento.

—Echo de menos a mi hijo. Hacer esto no es completamente desinteresado. El embarazo fue uno de mis momentos favoritos con mi hijo.

—Está con su padre.

Ella lo mencionó antes en la oficina. No puedo imaginar qué tipo de hombre aleja a su hijo de su madre. Olivia no parece ser inestable, excepto quizás financieramente.

¿Es por eso que no tiene la tutela de su hijo?

Coge su agua y bebe un sorbo. No sé si está evitando mi comentario o tiene sed. Probablemente sea un tema delicado. Lo sería para mí si otra persona tuviera la custodia de mi hijo, cosa que nunca ocurrirá.

Otra razón para no tener una relación al estilo tradicional.

—¿Qué necesito saber? —pregunta Olivia.

Me siento frente a ella, terminando lo último de mi cena.

—Tendrás que someterte a pruebas médicas para asegurarte de que no estás ya embarazada y de que estás sana.

—¿Y tú pagarás por eso? —su voz es suave, tentativa. Parece nerviosa.

¿Es porque la intimido o porque tiene algo que ocultar?

Tomo un sorbo de agua y asiento con la cabeza.

—Sí, todos tus gastos estarán cubiertos. ¿Dónde vives? —le pregunto.

Sus ojos se abren de par en par y coge el agua.

—Con una amiga.

No me mira fijamente.

No le creo. La almohada y la manta de su coche son signos evidentes de angustia.

—Te voy a conseguir un apartamento.

—No podré permitirme...

La interrumpo antes de que pueda terminar.

—Yo me encargo de los gastos.

—Es muy generoso por su parte, señor.

—Jace —digo—. Llámame Jace. Te quedarás en el apartamento hasta que estés embarazada de mi hijo. En ese momento, después del primer trimestre, espero que vivas aquí, bajo mi techo. Por supuesto, tendrás tu propio dormitorio y baño.

—¿Esperas que me mude contigo? —su lengua sale y recorre sus labios de cereza. Sus mejillas se enrojecen mientras habla.

—Es parte del acuerdo —le explico—. Te aseguro que tendrás tu intimidad, pero quiero participar en la experiencia de tener un hijo.

Endereza los hombros y exhala un suave suspiro. El nerviosismo parece disiparse de su cuerpo.

—Así no es como suele funcionar la subrogación. Su tono es más fuerte, mucho más atrevido.

No se equivoca, pero tampoco soy el hombre típico. ¿Necesita que le recuerde lo que le ofrezco? ¿La incitará a decir que sí?

—Tienes razón. Sin embargo, la mayoría de los sustitutos también ganan veinticinco mil dólares en total. Yo ofrezco el doble de esa cantidad al mes.

¿Creía que no habría condiciones para el dinero y que yo le pagaría una suma exorbitante solo porque soy rico?

Olivia aspira con fuerza. Sus mejillas están tan rojas como sus labios y parece bastante sonrojada. La habitación no está demasiado caliente ni incómoda.

—Sobre el dinero. ¿Esperas que ocurra algo íntimo entre nosotros?

Sonrío. Tal vez el rubor se deba a su pregunta.

¿Quiere que ocurra algo íntimo entre nosotros?

No puedo negar que es atractiva, pero puedo negarme a actuar según sus deseos.

—No, como te he explicado, tendrás tu propio dormitorio. Solo quiero que tú y mi hijo estén bajo mi techo. Quiero que mi hijo reconozca mi voz.

—O hija —susurra Olivia.

—Sí, o hija. Aunque quiero un niño, me conformaré con cualquiera de los dos. Una niña solo significaría que tendría que volver a contratar un vientre de alquiler.

—Te pediré que cedas tus derechos de paternidad. Tengo un abogado preparando los papeles. No puedo arriesgarme a que cambie de opinión y decida que quiere la custodia del niño—. ¿Hay algo más que quieras del acuerdo? —pregunto.

Para una mujer que ya ha perdido la custodia de su hijo, supongo que buscará asesoramiento legal y me pedirá ayuda. Conozco a los mejores abogados de Los Ángeles.

—Ya estás siendo bastante generoso —dice—. Odio incluso preguntar, pero ¿es posible que me den un adelanto, al menos parcial? El depósito de gasolina de mi coche está bajo y...—

Levanto una mano para impedir que termine la frase.

—Esta noche, te quedarás en el dormitorio de invitados. Mañana te trasladaré a uno de los apartamentos que tenemos. Te daremos un pequeño estipendio por adelantado para cubrir gastos menores hasta que todo esté finalizado.

No soy un monstruo, pero tampoco se aprovecharán de mí.

CAPÍTULO OCHO

OLIVIA

Me retiro para pasar la noche no mucho después de la cena y de nuestra discusión sobre la gestación subrogada.

Me acompaña al baño y me siento aliviada por una ducha caliente. He estado utilizando las instalaciones del camping para bañarme. Está bastante alejado de la ciudad, lo que no me ha ayudado a ahorrar combustible.

La ducha es celestial. El agua caliente se derrama sobre mí. Tardo más de lo que debería y al final me quito toda la suciedad de la piel. No estoy tan sucia físicamente, pero me siento asquerosa hasta que todo se va por el desagüe.

Me meto bajo las sábanas. La cama es firme y las sábanas están frescas.

Hay un silencio que llena la habitación, sin que el tráfico pase constantemente por la carretera.

No hay ningún sonido. Al principio cuesta conciliar el sueño en un dormitorio desconocido, pero es agradable tener una cama y no tener que dormir en mi coche.

Tenía demasiado miedo de preguntar cuánto le debería a Jace si no puedo concebir. Todavía soy bastante joven, veinticuatro años, y debería poder tener otro hijo.

Pero, ¿y si no puedo?

¿Y si no me quedo embarazada?

———

Me despierto al día siguiente. La casa huele a tocino y huevos. Salgo de la cama y bajo corriendo las escaleras hasta la cocina.

Para un multimillonario, su casa es relativamente normal. Es más grande que mi apartamento donde vivía, pero el lugar no tiene probablemente más de dos mil pies cuadrados. Es modesto para un hombre que gana más dinero en un mes que yo en toda mi vida.

—Buenos días —dice Jace, de pie frente a la estufa. Lleva un pantalón de chándal azul oscuro y una camiseta blanca.

Parece sexy.

Pero no puedo dejar que mis pensamientos vayan por ahí. Es una mala idea. Esto es estrictamente un negocio, nada más, y la oportunidad de un nuevo comienzo.

—Buenos días —digo—. Pensé que ya estarías en el trabajo.

—Iré un poco más tarde esta mañana. Quiero asegurarme de que te instales en tu apartamento esta mañana. Matteo va a pasar por aquí con las llaves de tu casa.

—Oh, es muy amable de su parte.

No tengo ni idea de quién es Matteo, pero me alegro de tener un techo sobre mi cabeza.

—Además, mi abogado me envió un mensaje esta mañana y puede tener los papeles listos al final del día laboral. Si quieres quedar esta noche, podemos revisarlos juntos y firmar los documentos.

—Sí, claro —digo.

No tengo otro sitio donde estar. Cuanto antes, mejor.

—¿Te importa si tomo algo para beber? —pregunto.

—Hay zumo de naranja, leche y agua en la nevera. El café está en la jarra.

—¿Las tazas para el café están dónde? —pregunto. No estoy familiarizada con la disposición de su cocina, en la que tiene todo almacenado.

Se dirige rápidamente a la cafetera y, encima de ella, abre el armario, recuperando una taza.

—Toma —se apresura a volver a la estufa, volteando el tocino.

—Gracias —digo.

Me sirvo una taza de café y abro la nevera, cogiendo una botella de crema de sabor. Mi favorita. Es como si el hombre conociera el camino directo a mi corazón.

—Tengo una preocupación sobre el acuerdo. Aunque todavía no lo he visto, necesito saber que no voy a estar en la línea de miles de dólares, debiéndole dinero si no puedo concebir.

—¿Sí? —pregunta, mirándome.

Está esperando a que me explaye.

Me voy a poner enferma. La bilis me sube a la garganta.

Me trago los nervios y bebo a sorbos el líquido ardiente. El amargor es un regalo de bienvenida.

—Si no puedo concebir, ¿te deberé el apartamento, los gastos médicos, todo lo que estás haciendo por mí?

No puedo mirarle.

Miro fijamente mi taza, con los ojos hacia el suelo, avergonzada de no poder permitirme cuidar de mí misma.

Jace suspira y deja la espátula. Se acerca, imponiéndose sobre mí.

Jace es alto. Es tan alto como los jugadores de la NBA. Siento su presencia incluso sin levantar la vista y verlo.

—Mírame, Olivia.

Me cuesta toda mi fuerza levantar la vista, solo un poco.

—Aunque espero que puedas quedarte embarazada, no soy un hombre irracional. Entiendo que lleva tiempo, y no voy a culparte en ningún momento. El apartamento es porque quiero asegurarme de que tienes un techo sobre tu cabeza. No me debes nada. ¿De acuerdo?

—De acuerdo.

Parece demasiado bueno para ser verdad.

Demasiado amable.

Demasiado irreal.

Miro fijamente sus ojos verdes. Quiero besarlo. ¿Pero debería hacerlo?

CAPÍTULO NUEVE

OLIVIA

Mirando fijamente su mirada, me inclino hacia él. Me siento hipnotizada bajo su hechizo. Quiero besarlo. Saborear sus labios. Es guapo, más guapo que cualquier otro hombre con el que haya estado, y mucho más rico.

En cambio, doy un paso atrás, intentando alejarme, necesitando espacio. No puedo dejar que mi cabeza se pierda en las nubes, fingiendo que esto es algo que no es.

Es una transacción comercial. Eso es todo.

Tropiezo con mis propios pies y derramo el café sobre mí y sobre su suelo de madera.

Un grito sale de mis labios, junto con una maldición.

No se me cae la taza, sigue en mis manos, pero salpica el contenido por todas partes.

Incluida mi camiseta blanca.

—¿Estás bien? —la voz de Jace es cálida y llena de preocupación.

Me quito la camiseta mojada del cuerpo, el líquido está dolorosamente caliente contra mi piel. Me cuesta todo lo que puedo para no arrancarme la ropa.

Se quita la camiseta de un tirón y me da su camisa.

—Ponte esto.

—¿Delante de ti? —chillo.

—O entra en el baño. No es que no haya visto pechos antes.

Bueno, no me ha visto las tetas. Prefiero que siga siendo así.

Baja el fuego y coge un trapo de cocina para limpiar el suelo antes de dirigirse a su habitación.

Mientras está fuera de su vista, me quito la camiseta y me pongo la suya. Está caliente y huele exclusivamente a Jace. Es un aroma almizclado, terroso y limpio. Intento no olerlo mucho, pero el olor me rodea y, sinceramente, no me importa.

Me gustan sus feromonas, o hace demasiado tiempo que no tengo sexo.

Probablemente ambas cosas.

———

Después del desayuno, me visto y Jace me da las llaves.

Matteo las dejó mientras yo estaba en el baño preparándome.

Jace garabatea la dirección del apartamento.

—¿Necesitas indicaciones?

—Puedo buscar el lugar en mi teléfono —digo. No quiero incomodarlo más de lo que ya lo he hecho. ¿No tiene que estar en el trabajo? Tiene una gran empresa que dirigir y yo le estoy estorbando, impidiéndole hacer su trabajo.

—Vale. Estaré en contacto con el papeleo, las citas con el médico y cualquier otra cosa que necesites. Matteo trabaja para mí, y si no puedes localizarme por alguna razón y es una emergencia, siempre puedes contactar con él.

Apunta el número de teléfono de Matteo.

No estoy segura de qué tipo de emergencia tendría, pero sonrío y asiento con la cabeza, tratando de mostrar mi agradecimiento.

—Gracias —digo.

Jace me acompaña a la salida, abriendo las puertas de hierro forjado para que pueda salir.

—Este lugar es prácticamente una fortaleza —digo.

—De eso se trata.

Saco las llaves del coche y abro la puerta principal, abriéndola. Supongo que la seguridad se debe a que es multimillonario, pero me abstengo de mencionarlo. No tiene sentido recordarle al hombre que podría bañarse en una bañera de dinero.

¿Le preocupa que puedan pedir un rescate o que roben en su casa porque tiene suficiente dinero para comprar todo el estado de California si estuviera en venta?

Me sorprende que no tenga una cadena de islas. Algún lugar tranquilo y remoto.

¿Tal vez lo hace y yo no lo sé? No es que me esté contando sus secretos, revelándose a mí. No tiene que hacerlo. Yo trabajo para él, no al revés.

Jace está de pie a unos metros, observando cómo subo a mi coche. Cruza los brazos sobre el pecho. Sus ojos se tensan y sacude la cabeza, acercándose al lado del conductor.

¿He olvidado algo?

Se inclina justo cuando arranco el motor.

Bajo la ventanilla mientras busco mi teléfono para introducir la dirección en el GPS.

Jace mira el salpicadero.

—¿Tienes suficiente gasolina para llegar al apartamento?

Todavía no sé qué distancia hay hasta donde voy.

—Déjame ver —digo y tecleo la dirección que me ha dado.

Son unos cuantos kilómetros, con tráfico veinticinco minutos es lo que estima el GPS en la pantalla. Tengo menos de un octavo de tanque. La luz indicadora de depósito vacío aún no se ha encendido.

Debería llegar al apartamento, pero cualquier otro lugar será difícil hasta el día de pago.

Jace se asoma por la ventana abierta y me da un billete de cien dólares.

Ni siquiera le vi sacar la cartera. Estaba demasiado ocupada marcando la dirección del apartamento al que me enviaba.

—Tómalo —dice Jace, ofreciéndome el dinero que pedí anoche para cubrir la gasolina del coche.

—Solo si sale de mi paga —le obedezco y recupero el billete de sus dedos, deslizándolo en mi cartera. Aunque no busco una limosna, me alivia que esté dispuesto a ayudarme dándome un adelanto.

Lanza una sonrisa de lado.

—No te preocupes. El contrato estará bien definido, con un calendario de pagos, expectativas y requisitos contractuales. Esta tarde iré a tu apartamento con el papeleo —dice Jace.

Hace que suene bastante abrumador.

—¿Necesito un abogado? —pregunto. No es que tenga dinero para uno, pero no quiero volver a meterme en líos. Todavía estoy pagando el precio del último error que cometí, casándome con John.

Pensé que lo necesitaba en mi vida para ayudarme a criar a mi hijo, pero todo lo que hizo fue empeorar las cosas.

A mucho peor.

—Revisaré todo a fondo contigo, pero si quieres traer un abogado, no te lo impediré. Me pasaré esta tarde cuando salga del trabajo. Te llamaré cuando esté de camino.

—De acuerdo —digo. No hay manera de que pueda pagar un abogado.

Se aleja de mi coche y subo la ventanilla manualmente con la manivela. Mi vehículo no tiene nada de lujoso. Era un modelo de gama baja, el más barato que pude conseguir y pagar.

———

Después de llenar el depósito de gasolina y guardar el resto del dinero en el bolso, me dirijo directamente al apartamento.

No estoy segura de lo que me espera. Sigo las indicaciones y aparco en paralelo en la calle. Hay un aparcamiento, pero no tengo pase para entrar.

Cojo mi bolsa de ropa y me cuelgo el bolso al hombro mientras salgo del coche. Cierro las puertas del coche y utilizo la llave que me ha dado Jace para entrar por la puerta principal.

Me dirijo al ascensor. Miro el número de apartamento garabateado con la letra de Jace. Subo en el ascensor hasta la cuarta planta y salgo, buscando con la mirada el 4B.

El pasillo está bien iluminado. El edificio huele a nueva construcción, a pintura fresca. Parece bien mantenido desde el interior del pasillo.

Encuentro mi apartamento rápidamente y meto la llave en la cerradura, abriendo la puerta. Enciendo la luz, sorprendida por la magnitud del apartamento.

Es enorme y más grande que mi casa. Las paredes huelen a pintura fresca y tienen un aspecto impecable. La luz de la mañana entra a raudales por las cortinas abiertas, haciendo que el apartamento sea luminoso y soleado. Las paredes son de un amarillo cálido, no cegador, pero sí suave y vibrante.

Resulta que tiene un apartamento extra disponible.

No debería hacer preguntas, pero el alquiler de este lugar debe ser una fortuna. ¿Por qué tiene un apartamento por ahí?

¿Era para su amante?

No, no es que esté casado.

Parece demasiado bueno para ser verdad.

Mi teléfono suena, sorprendiéndome. Lo saco del bolso y miro la pantalla. Hay un mensaje de Jace y una llamada perdida de Harper.

¿Por qué se me revuelve el estómago con el mensaje de Jace? Es como si volviera a estar en el instituto.

¿Qué te parece?

Supongo que me está preguntando por el

apartamento. Pero también puedo hacer que lo deletree.

¿Sobre...?

Me responde enseguida.

El apartamento. ¿Está bien?

Acabo de entrar por la puerta. No he tenido tiempo de explorarlo, pero el lugar está completamente amueblado y es precioso. Estoy enamorada.

El apartamento.

Me parece bien.

No me responde. Ni siquiera hay tres puntos que indiquen que me devuelve el mensaje.

¿Acabo de insultarlo?

Dejo mi bolsa junto a la puerta principal, me descalzo y examino el lugar a fondo. Como no hay nadie que me haga un tour, lo hago yo misma.

El apartamento es de dos dormitorios con espacio más que suficiente. Es el doble de grande que mi anterior casa, y estoy segura de que el alquiler es cuatro o cinco veces mayor que el que pagaba.

Me dirijo a la cocina a por un vaso de agua. Abro el armario y veo que la vajilla está llena. No me sorprende. El resto del apartamento está amueblado.

Por curiosidad, abro la nevera. No espero encontrar nada. Hay algunas botellas de agua, algunos condimentos en la puerta, pero nada perecedero.

Abro el grifo y me sirvo un vaso de agua. Sé que no es un hotel y que no me van a cobrar diez dólares por botella de agua, pero no quiero coger lo que no es mío.

Esta no es mi casa.

Es un alojamiento temporal hasta que me ubique o quede embarazada.

Tomo asiento en la mesa de la cocina y escucho el mensaje de Harper, que me dice lo bien que le va, que está embarazada y que me echa de menos y que la llame.

Quiero llamarla, pero ¿qué le digo? ¿Cómo le explico este acuerdo sin parecer una loca? Marco su número, pero no le doy a enviar. Es mi mejor amiga, pero ¿lo entendería? No le había dicho que no tenía hogar. Aunque sabe lo de John y Austin, no sabe lo de Luka y la mafia.

Es mejor que no diga nada. Preocuparla no nos hará ningún bien a las dos.

Tal vez sea mejor mantener el secreto.

Y no quiero aprovecharme de la situación ni de Jace. Está siendo amable, y aunque es porque quiere que sea la madre de alquiler de su bebé, tengo que andarme con cuidado.

Le mando un mensaje a Jace con una simple palabra.

Gracias.

Empieza a escribir, y yo contengo la respiración, esperando su respuesta.

Sea lo que sea que haya escrito, debe haber borrado el mensaje, porque los tres puntos parpadeantes desaparecen.

CAPÍTULO DIEZ

JACE

—Estás fuera de su alcance —dice Matteo mientras me acorrala. En cuanto entro en la oficina, se me echa encima.

Me meto el teléfono en el bolsillo. He estado enviando mensajes de texto a Olivia, pero tengo que dejar de hacerlo. Ella es una distracción que no puedo tener. Nadie puede saber que estoy en proceso de contratar un vientre de alquiler. Con el tiempo, la noticia saldrá a la luz, pero quiero que sea en mis términos cuando esté listo para que los medios me presionen con docenas de preguntas.

Mantuve a Matteo bajo control en la casa cuando dejó las llaves del apartamento. Pero no es que pueda guardarle secretos.

—¿Quién? —intento disimular como si no supiera de quién o qué está hablando.

Paso junto a él para ir a mi despacho, pero me pisa los talones, me sigue y cierra la puerta tras de sí.

—No jodas, Jace. La chica, la sustituta. Podría funcionar mucho mejor si se estableciera con una esposa.

Me burlo de su sugerencia.

—Eso no va a pasar —Olivia solo va a ser la madre de alquiler. Nada más. Sé que debo mantener mi polla a raya. Aunque a veces la maldita cosa tiene una mente propia.

—Claro —Matteo resopla.

No me cree. ¿Y por qué debería hacerlo? Me he acostado con la mitad de las mujeres de la ciudad. Bueno, probablemente no con la mitad, pero a veces lo parece cuando me las encuentro constantemente.

—Escucha, ella tiene mala suerte en este momento.

Está dispuesta a ayudarme, y yo estoy dispuesto a tenderle una mano y darle un lugar donde quedarse.

—Podría haberla contratado como su asistente.

—Ahí tienes una idea —digo y le miro fijamente—. Contratarla a ella y despedirte a ti.

Matteo pone los ojos en blanco.

—Buena broma, jefe.

No le preocupa lo más mínimo su trabajo o que yo le eche a la calle. Y por una buena razón, tiene seguridad en el trabajo como segundo del Don a menos que me traicione.

Cualquiera que me traicione termina muerto.

Pero él nunca me traicionaría, a diferencia de mi hermana Maia.

—*Siéntate* —*le ordeno.*

—*No soy uno de tus soldados, Jace. No puedes darme órdenes* —*dice Maia. Cruza los brazos a la defensiva sobre el pecho mientras se coloca frente a mi escritorio.*

—*Sí puedo si vives bajo mi techo* —*le digo, recordándole quién manda*—. *Es hora de que te establezcas, y Ryder es* uno de los mejores hombres con los que trabajo y un capo. Él cuidará de ti.

Maia pone los ojos en blanco.

—No necesito que me cuiden. No soy una chica a la que puedas casar por dos cabras y un buey.

—Esto es lo que nuestro padre hubiera querido —digo. He heredado su posición, sus propiedades y sus hombres. También tengo la grave tarea de cuidar a Maia, asegurarme de que esté protegida, lo que no es fácil teniendo en cuenta su afición a huir de casa.

Un hombre como Ryder la domaría y protegería. Es lo que ella necesita para sobrevivir en este mundo frío y cruel.

—¿Qué hay de lo que quiero? —Maia da un paso alrededor de mi escritorio.

La aplaco.

—¿Qué quieres?

—Mi libertad. Puede que papá te haya dejado todo, pero yo también soy su heredero. Debería tener una parte del dinero.

—No hay dinero —me burlo de su sugerencia—. Nuestro padre estaba arruinado, y yo le apoyé en sus esfuerzos. Industrias Barone lo mantuvo a flote. Por eso cambió su testamento para dejarme todo.

—¡No te creo!

Mantengo la calma y la serenidad. No tiene sentido discutir con ella.

—¿Para qué necesitas el dinero? —le pregunto.

No soy un hombre egoísta. Cuido de mi familia. Desde la muerte de mi padre, he dado un giro a la familia de la mafia, trayendo más dinero para blanquear, y he dado a todos mis hombres un aumento de sueldo.

—Para alejarme de ti, Jace. Me mira fijamente. La chica no está hecha para la sangre. Estaría más segura, enviada lejos, obligada a vivir lejos de Los Ángeles.

Pero hay otras familias mafiosas en todo el país. Cualquiera de ellas podría aprovechar la oportunidad para llevársela, secuestrarla y torturarla para llegar a mí.

—¡Eres un asesino! —las fosas nasales de Maia se encienden con la acusación—. ¡Y un monstruo! ¿A cuántos hombres has matado, Jace? Papá se avergonzaría *del derramamiento de sangre, de las muertes que se acumulan.*

Me quedo en silencio, considerando mis opciones. Maia es un cabo suelto, y un hilo desenredado que, si se tira de él, podría destruirlo todo.

Hay que detenerla.

Mi silencio debe ser agravante para ella. Sus acusaciones se vuelven aún más salvajes.

—*¿Asesinaste a papá también?*

—*¡Ya basta!* —*grito y alcanzo su camisa, agarrándola por las solapas, tirando de ella.*

El botón central de su blusa salta y revela un cable.

¿Para quién demonios trabaja?

¿Los federales?

—Me sentía generoso, ofreciendo a Olivia un lugar para quedarse —digo.

No necesito admitir que hay una parte egoísta en mí que también se asegura de que ella no me traicione. Tengo vigilancia en los pasillos, en el edificio, y sabré si tiene alguna visita problemática.

—¿Podemos dejar el tema? —no se lo pregunto. Le digo que ya está hecho y que tenemos que pasar a otros asuntos.

—Bien. ¿Qué hace falta que haga? —pregunta Matteo.

—Contacta con la agencia de gestación subrogada y hazles saber que vamos en otra dirección.

—¿No quieres esperar hasta después de firmar el papeleo? El abogado ha llamado al despacho esta mañana y tendrá los papeles listos para las cuatro de la tarde.

—Bien —doy un suspiro de alivio.

—¿Está seguro de esto? —pregunta Matteo.

—¿Contratar a una madre de alquiler o a Olivia? —sospecho que tiene reservas sobre cómo he manejado este acuerdo, y no le culpo. No es nada típico. Pero, ¿desde cuándo hago algo según las normas?

Desde el principio, le dejé claro que quería una chica a la que pudiera conocer en persona, no en papel. La honestidad y la integridad se demuestran y no es algo que se pueda apuntar como los elogios en un currículum.

—Es la chica.

Me siento en mi escritorio.

—¿Tienes algo sobre ella? —espero que haya investigado sus antecedentes a mis espaldas.

Está mirando por mí y por lo que es mejor para mí.

—Tiene unas facturas médicas bastante asombrosas —dice Matteo.

No da más detalles, y yo no pregunto.

—Cualquiera que no tenga seguro médico puede arruinarse fácilmente —digo. Es el sistema. Lo he visto innumerables veces.

Sinceramente, no quiero saber si ha encontrado algo más.

A menos que ella quiera decírmelo, no necesito ir a escarbar en la basura. Todo el mundo tiene equipaje. Tengo suficientes esqueletos en el armario.

Su pasado no es de mi incumbencia.

Mientras esté sana y el médico esté de acuerdo en que es una buena candidata para la subrogación, cualquier deuda que tenga está en el pasado.

El dinero que gane conmigo le ayudará a pagarlas.

Matteo cierra la boca.

Es sabio al desviar la conversación de lo que ha encontrado.

—Solo me preocupa que Olivia se aproveche de usted.

Me río de lo absurdo de su sugerencia.

—Yo le hice la oferta. No fue al revés —le recuerdo. Ella no tenía ni idea de que la oferta iba a llegar.

Matteo se está metiendo en mi piel.

—Y yo le digo que estoy en contra, pero va a hacer lo que cree que es mejor.

—¿Por qué estás tan en contra? —pregunto. La respuesta obvia sería la posibilidad de una demanda. Pero esa es la menor de mis preocupaciones.

No está buscando una paga o una limosna. Olivia necesita ayuda.

—La chica apesta a problemas —dice Matteo.

Dime algo que no sepa.

Me abstengo de mencionar que ha estado viviendo en su coche. No es justo para Olivia divulgar su secreto. Pero estoy seguro de que Matteo tiene los engranajes girando en su cabeza, preguntándose por qué la dejo quedarse en una de nuestras propiedades.

—Los problemas no son un crimen —digo.

Además, no es que sigamos la ley.

Hay un mundo que muchos desconocen, los bajos fondos, y yo lo controlo.

Ser un jefe de la mafia tiene sus ventajas. Mi trabajo diurno ofrece una fachada para el lavado de dinero y contactos para muchas de nuestras empresas ilegales.

—Acercarse demasiado a la sustituta podría traer problemas —dice Matteo—. Ella podría indagar en su pasado.

Ella no tiene los recursos para averiguar la verdad. Si los federales no pueden acusarme de asesinato, no me preocupa que esta chica me encierre.

Pongo los ojos en blanco.

—¿Cuándo te volviste blandengue?

Su mirada se endurece.

Le he insultado.

He terminado de hablar de Olivia.

—Puedes retirarte —digo y le hago un gesto para que salga de mi despacho—. Cierra la puerta al salir.

—Sí, señor —se retira del despacho, cerrando la puerta tras de sí.

————

El abogado trae el papeleo y yo le envío un mensaje a Olivia para decirle que estamos en camino con los papeles.

En menos de una hora, estamos sentados en la mesa de su cocina repasando el contrato, los requisitos y el hecho de que, después del primer trimestre, vivirá en mi casa.

La firma tarda un buen rato, pero Olivia no pone ninguna objeción. Hace algunas preguntas y luego firma y pone sus iniciales en todos los lugares necesarios.

Yo también firmo los documentos antes de acompañar a la abogada a la puerta y despedirme.

—¿Te vas? —pregunta Olivia—. No hace falta. Todavía no he cenado.

—¿Has ido a comprar comida? —sé que la nevera está vacía. Hace tiempo que nadie vive en el apartamento que le regalé. Un primo mío vivió allí anteriormente durante unos meses mientras estaba en la ciudad, pero volvió a Italia.

—Compré algunas cosas en el mercado de enfrente, pero no he hecho ninguna compra importante.

Bueno, no es que cien dólares vayan a llevarla lejos en la tienda de comestibles cuando también le di ese dinero para la gasolina de su coche.

Saco mi cartera.

—¿Qué estás haciendo?

—¿Cuánto tienes en tu cuenta bancaria? —pregunto. No me imagino que sea mucho. Podría hacer que Matteo averiguara la cifra exacta, pero no es así como trabajo. Espero sinceridad.

Se ríe nerviosamente.

—Esa pregunta no se le hace a nadie.

—Supongo que no mucho, ya que vivías en tu coche y el depósito de gasolina estaba prácticamente vacío esta mañana —saco otro billete de cien dólares—. Quiero que comas sano mientras intentas quedarte embarazada.

—Lo sé. He leído el contrato. Nada de alcohol. Nada de drogas. Nada de diversión —Olivia sonríe, pero tengo la idea de que se está burlando de mí—. Te prometo que cuidaré bien de tu bollo en mi horno.

Sus palabras hacen que mi corazón dé un vuelco.

Exhalo un fuerte suspiro y vuelvo a dirigir la conversación hacia los negocios.

—Te enviaré el anticipo a tu cuenta hoy mismo, pero deberías llevar dinero en efectivo. En el mercado de enfrente solo se puede pagar en efectivo y tienen las frutas y verduras más frescas. Cuestan más, pero son orgánicas, y quiero lo mejor para mi bebé.

—Por supuesto —dice Olivia. Hay una leve sonrisa en su rostro, como si estuviera encantada de hacer esto por mí.

No se burla de mí. Está tranquila y serena.

—¿Qué quieres hacer con la cena? La comida para llevar no parece saludable —me pregunta.

Ya es tarde, y bajar a la tienda, aunque sea al otro lado de la calle, me llevará tiempo, al igual que cocinar la cena.

—Bueno, aún no estás embarazada. Creo que si pedimos la comida y nos la traen, estará bien para esta noche —le digo.

Me alegro de que se tome en serio mis peticiones, todas ellas.

—De acuerdo. No sé qué hay en esta parte de la ciudad. ¿Sabes quién reparte? —pregunta.

Los lugares conocidos en los que pido están un poco lejos del apartamento. Saco mi teléfono y compruebo los listados locales.

—Hay chino, tailandés, italiano, japonés. La lista continúa —digo—. ¿Qué es lo que te gusta? —

Se lame los labios.

El movimiento hace que mi polla se agite.

Abajo, chico. Ella no puede provocar ese tipo de respuesta. Tengo que controlarme.

—Todo suena delicioso. Debería haber comido algo más que una ensalada para el almuerzo —dice Olivia con una risa nerviosa—. Ahora me muero de hambre.

Yo también, pero mi deseo es menos sobre la comida y más sobre ella.

CAPÍTULO ONCE

OLIVIA

Jace pide que cenemos comida italiana y yo saco los platos del armario cuando llega la comida.

—¿Has pensado en lo que vas a hacer después de que nazca el bebé? —me pregunta Jace.

No sé a qué se refiere. Voy a renunciar al bebé. No hay mucho que pensar.

Debe ver el ceño fruncido en mi cara.

—¿Qué quieres hacer como profesión? —Jace pregunta.

—No estoy segura —digo. Me siento en la mesa y

bebo mi agua. Me gustaría que fuera una copa de vino.

—¿Cuál es el trabajo de tus sueños? —abre las tapas de cada uno de los platos y me sirve junto a él.

—Solía pintar.

—Eres una artista —dice Jace y sonríe—. Ya me doy cuenta.

—¿Por ser una artista hambrienta? —me río y alcanzo mi agua, tomando un sorbo.

Él es lo suficientemente amable como para no hacer ningún comentario.

—¿Tienes alguna de tus obras de arte por ahí? — Jace echa un vistazo al apartamento.

Las paredes están casi vacías. No es que haya tenido tiempo de colgar ninguna de mis obras, aunque las tuviera a mano.

—No —me meto en la boca un bocado de pasta para no tener que dar más detalles.

No estoy segura de si se da cuenta o no, pero su mirada se mantiene fija en mí durante demasiado tiempo.

—Me gustaría ver algo de tu arte. ¿Está a la venta? —pregunta Jace.

—La mayor parte se destruyó en un incendio —digo.

Él asiente como si estuviera atando cabos. Por qué estaba viviendo en mi coche. De nuevo, es lo suficientemente educado como para no seguir forzando el tema.

—No conozco a nadie en la galería de arte local, pero puedo hacer algunas llamadas, solo si quieres mi ayuda. No quiero excederme —dice.

Es dulce, demasiado servicial. Y aunque aprecio su amabilidad, tampoco puedo aceptarla.

—No, está bien. Estoy segura de que solo les decepcionaría cuando acabe embarazada dentro de unos meses y deje mi trabajo.

Jace da otro bocado a la pasta.

La habitación está en silencio. Demasiado silenciosa.

Se puede oír la caída de un alfiler.

Tendría que haber encendido la televisión como ruido de fondo. Cualquier cosa para evitar la incomodidad. ¿Por qué soy tan mala en las relaciones? ¿Es por lo que pasó?

¿Siempre fui un desastre?

—¿Por qué renunciaste? —Jace pregunta.

—Oh, simplemente asumí que querrías que me quitara de encima y estuviera en casa. Dijiste que viviría contigo después de estar embarazada.

—Estoy seguro de que querrás tomarte un tiempo libre cuando se acerque la fecha del parto, pero no hay razón para que no puedas trabajar mientras tú y el bebé estén sanos. A menos que no quieras trabajar.

¿Me está juzgando?

—No, ayer vine a tu oficina en busca de empleo —le digo, recordándole cómo nos conocimos. La razón exacta que no necesita: por Luka Caruso.

Nunca puede descubrir la verdad.

No planeé convertirme en una madre de alquiler. Eso es seguro. Pero me encantó mi tiempo mientras estaba embarazada, llevando a mi hijo. Y el dinero que me ofrece me libraría de mis problemas con los Caruso y me haría volver a la vida normal.

—¿Qué tal si te consigo un puesto en mi empresa? —Jace pregunta.

—¿No complicará eso las cosas? —no puedo hablarle de Luka.

¿Esperará secretos de la empresa si trabajo para el escurridizo multimillonario? ¿O es que Luka quiere que lleve el hijo de Jace?

Me duele la cabeza solo de pensarlo, y no puedo preguntarle a Luka, ni querría hacerlo.

—Probablemente no sea lo ideal —dice.

Al menos está siendo honesto. Nos convierte en uno de los dos. Pero no puedo hablarle de Luka, no sin poner su vida en peligro. Así como la mía.

—Pero ambos somos adultos y podemos ser profesionales. Y yo sabría y aprobaría tu permiso de maternidad sin ningún problema —dice Jace con una sonrisa. Es como si se estuviera convenciendo a sí mismo de que me contrate.

Me río en voz baja.

—Bueno, cuando lo pones así, ¿cómo puedo decir que no? —si Luka se entera de la oferta de trabajo y de que la he rechazado, no acabará bien. ¿Pero cómo lo sabría?

A menos que uno de sus hombres trabaje para Jace; la mafia está en todas partes, y no puedo confiar en nadie.

—¿Cuándo empiezo? —pregunto.

Termino el último bocado de mi cena y empiezo a empaquetar las sobras y a meter el contenido en la nevera. No quiero desperdiciar nada de comida.

Jace se levanta y me ayuda a limpiar los platos, llevándolos al fregadero para lavarlos.

—El lunes a primera hora. Puedes decir que no si no quieres trabajar para mí. Te juro que no te lo tendré en cuenta.

Me está dando una salida, pero no puedo aceptarla. Necesito el dinero, y aunque un adelanto está bien, no va a empezar a pagarme hasta que esté embarazada. No puedo esperar que me siga dando dinero cada vez que necesite algo.

Pasarán meses hasta que esté embarazada, llevando a su hijo, suponiendo que pueda concebir de nuevo.

—¿Serías mi jefe? —pregunto. Cierro la nevera y me acerco al fregadero para empezar a lavar los platos, pero él ya ha tapado el fregadero, dejando correr el agua caliente y llenándolo de espuma.

—Técnicamente soy el jefe de todos —dice Jace—, pero si te preocupa, puedo asignarte a trabajar en un departamento con el que no trato a diario.

Dada mi falta de experiencia, no estoy seguro de lo que Jace quiere que haga, pero no me importa. Conseguir un sueldo propio por trabajar sería satisfactorio. También me ayudaría con mis deudas.

—No me preocupa. ¿Y a ti? Tendrías que verme todos los días y podría llevar a tu hijo o hija.

Quiero saber qué está pensando y si puede mantener la profesionalidad en el trabajo.

Porque lo que sugiere es una locura.

Pero, ¿es más loco que yo sea un vientre de alquiler para él?

CAPÍTULO DOCE

OCHO MESES *después*

Olivia

No puedo creerlo. Estoy embarazada. Quiero decir, claro, estaba intentando concebir, y después de los tratamientos de fertilidad, me daba las mejores probabilidades, pero no creía que fuera a suceder.

Mi miedo había sacado lo mejor de mí. Me preguntaba si Jace me odiaría por no poder concebir, me demandaría por el adelanto de fondos y me obligaría a devolver todos los gastos de vivir en el apartamento que me ha proporcionado.

No es que haya estado sentada todo el día sin hacer nada. He estado trabajando a tiempo completo para la empresa de Jace, Industrias Barone, llevando la recepción del decimoquinto piso. Me pagan bien y me mantienen ocupada. Además, me gusta no tener que acudir a Jace por dinero. Es decir, técnicamente me sigue pagando, pero me gano ese dinero a pulso.

Pedir un adelanto era humillante.

No quiero volver a hacer eso, lo que me animó a ir a por ello. ¿Por qué no iba a aceptarlo si él estaba dispuesto a echarme una mano y darme un trabajo?

Al menos puedo ahorrar dinero porque tendré que buscar otro lugar para vivir después de que nazca el bebé. Pero Jace también me está pagando generosamente por mi tiempo mientras estoy embarazada, así que debería poder permitirme un lugar propio.

Faltan meses para eso.

Miro fijamente el test de embarazo. Los seis que me he hecho muestran que estoy embarazada. No me creí la primera y pensé que podía ser un falso positivo.

Pero todas las pruebas dan positivo, y son de marcas diferentes.

No puede ser una casualidad.

Estoy embarazada.

Mi estómago burbujea de nervios. Debería enviarle un mensaje a Jace, pero me voy a trabajar esta mañana. Decírselo en persona, se siente como lo correcto.

Estará feliz.

Extasiado.

Quiero ver esa expresión de alegría en su cara.

Me ducho, me visto y me dirijo a la oficina.

Me dirijo a su despacho, la puerta está abierta, pero las luces están apagadas.

Jace aún no ha entrado.

Suele entrar antes de que yo llegue y se queda mucho después de que me vaya. El hombre prácticamente vive en la oficina.

No sé cómo piensa criar a un niño.

¿Dónde está?

¿Está todo bien?

—¿Buscas a alguien? —pregunta Matteo. Tiene una taza de café en la mano, y el vapor se difunde en el aire antes de dar un sorbo.

—Quería hablar con el señor Barone —digo, con cuidado de no llamarle por su nombre de pila. Cuando estamos juntos somos informales, pero en el trabajo, él es el jefe. Tengo que asegurarme de ser profesional. No quiero que corran rumores, sobre todo cuando la gente se entere de que estoy embarazada.

No pienso decirle a nadie que soy la madre de alquiler de su bebé. Si él decide decírselo a la gente, es cosa suya.

—Está ocupado esta mañana —dice Matteo. Su tono es cortante. No le caigo bien.

Nunca le he agradado desde el momento en que me presenté a la entrevista.

¿Conoce a Luka Caruso? ¿Trabajan juntos en secreto?

No, si ese fuera el caso, habría convencido a Jace

para que me contratara. Y tengo la sensación de que no está en mi equipo en absoluto.

¿Sabe lo del acuerdo de subrogación?

—Gracias —digo. Me planteo pedirle a Matteo que le diga a Jace que me he pasado por allí, pero eso solo despertaría más sospechas. Es mejor que le envíe un mensaje de texto a Jace yo misma.

Saco mi teléfono y me dirijo a mi mesa. Quiero tomar una taza de café, pero le había prometido a Jace que dejaría la cafeína, especialmente el café, en cuanto supiera que estaba embarazada.

Ese maldito contrato.

El descafeinado no parece merecer la pena, y además sigue teniendo una cantidad ínfima de cafeína. Me desplomo en la silla del escritorio y tanteo el teléfono.

Busco entre mis contactos y encuentro a Jace. Le envío un mensaje rápido.

¿Podemos quedar esta noche?

Me parece una tortura esperar a que responda. No soy una persona paciente. Mi pie golpea nerviosamente el suelo.

No puedo saber si ha leído el mensaje o no. Pero no ha respondido ni ha intentado contestar: no hay tres puntos parpadeantes.

Está en silencio.

Dejo el teléfono sobre el escritorio y arranco el ordenador. Tengo trabajo que hacer, y cuando entre en la oficina, tendrá que salir del ascensor, momento en el que le veré. Suponiendo que no responda antes a mi mensaje.

———

Jace no ha venido a la oficina.

No responde a mis mensajes.

Sé que no debería preocuparme. Tal vez él está fuera de la ciudad por negocios. No es como si yo fuera su guardián. No tiene que decirme su horario. No soy su novia ni su esposa.

Pero me gustaría que me respondiera a su mensaje de texto. Incluso si está fuera de la ciudad, podría responder.

Matteo pasa corriendo por delante de mi mesa hacia el ascensor con bastante prisa. Toca repetidamente el botón de bajada del ascensor con prisa.

—Sabes, eso no hace que la cabina del ascensor venga más rápido —le digo.

Me lanza una mirada. Es la misma mirada de incredulidad que he visto en Jace una o dos veces. Solo que en el caso de Jace, no está mezclada con el enfado.

Matteo se acerca a mi escritorio.

—No sé a qué juego estás jugando, pero Jace nunca querrá estar contigo. Nunca.

¿De qué está hablando?

—¿Perdón? —toso, avergonzada por su sugerencia.

¿Ha perdido la cabeza? Jace y yo no somos más que profesionales. No hemos pasado mucho tiempo juntos desde que se firmó el contrato inicial.

Jace me controla, me trae bocadillos saludables, de vez en cuando me lleva a comer, pero somos colegas de trabajo. Quizá lo de los tentempiés sea un poco raro, pero también estoy intentando quedarme embarazada y él me ha hecho saber que quiere que coma sano.

El ascensor suena, y nunca me había sentido tan aliviada al ver que alguien entraba y las puertas se cerraban tras él.

¿Qué demonios ha sido eso?

¿Le ha dicho Jace algo sobre mí?

Agarro una botella de agua y bebo un trago; el corazón me late en el pecho cuando mi móvil se ilumina con un mensaje de texto.

Pásate por mi casa después del trabajo. Tenemos que hablar.

CAPÍTULO TRECE

JACE

Llaman con fuerza a la puerta principal.

—Realmente has degradado tu residencia —dice Matteo, echando un vistazo al apartamento vacío.

Sabe que esta no es mi casa.

Bueno, soy el dueño de todo el edificio, pero no vivo aquí.

Este apartamento debía estar vacío. Seguridad me alertó esta mañana de que el apartamento tenía un intruso.

Al menos eso es lo que me habían dicho. Pero no era

un indigente cualquiera el que vivía en el apartamento.

—¿No vive su novia en este edificio? —pregunta Matteo.

—No es mi novia —digo, corrigiéndolo. Me aclaro la garganta—. Sí, Olivia vive al lado. Parece que uno de los hombres de Caruso la estaba vigilando.

Hay un equipo de vigilancia conectado dentro del apartamento, que revela varias habitaciones, entre ellas el dormitorio de Olivia y el baño.

—O podría ser simplemente un pervertido —dice Matteo.

Nadie conoce mi relación con Olivia, pero aún así no puedo evitar sospechar que es la familia Caruso la que está detrás de esta invasión de la privacidad.

—Sea quien sea, no ha vuelto en todo el día —digo. Les he estado esperando, con mi pistola, preparado para un feroz interrogatorio.

—La vigilancia es de muy baja tecnología —dice Matteo—. Caruso pondría micrófonos y no tendría a sus compañeros al lado. Me recuerda más bien a una encerrona muy mala de unos policías de pacotilla.

No creo que haya hablado con la policía ni con nadie. Olivia no sabe nada, y menos que soy de la mafia.

Y nunca podrá averiguarlo.

—Espero que tengas razón —quiero que sea un pervertido al que pueda machacar y saber sin duda que está a salvo—. De cualquier manera, no puedo dejar que se quede en el complejo de apartamentos por más tiempo.

No me siento seguro dejándola vivir aquí.

—¿Qué piensas hacer? —pregunta Matteo—. ¿Moverla a otro edificio?

—Ya le he mandado un mensaje para que se reúna conmigo en mi casa.

Los recuerdos de ella pasando la noche hace meses inundan mi mente. Las imágenes de ella vistiendo solo una de mis camisetas agitan mi polla. Me aclaro la garganta y me alejo de Matteo, recorriendo el apartamento por última vez.

Necesito un momento para serenarme, y hay un montón de equipos de vigilancia y pruebas dejadas atrás para investigar.

Matteo echa un vistazo a una mesa frente a la que me encuentro.

—¿Has visto estas marcas? —señala la escritura en ruso—. ¿Podría ser la Bratva?

Los rusos son imprevisibles. Son violentos. Eso no quiere decir que nosotros no lo seamos, pero no asesinamos policías o jueces.

Mi familia se rige por un código de honor, Omerta. No matamos a menos que sea necesario. No encuentro placer en ensangrentar mis manos, pero hago lo que debo.

—Espero que no —murmuro. Tenemos una relación con ellos y entendemos que no nos mezclamos en los negocios de los demás—. Esto no parece una operación de Bratva.

Los rusos no se sientan a observar a una mujer inocente. No son conocidos por su paciencia.

Si quisieran algo de Olivia, la habrían secuestrado, interrogado y asesinado cuando hubieran terminado con ella.

Otra razón por la que la quiero fuera del complejo de apartamentos. No está segura aquí.

—Tienes razón. Está demasiado limpio. Habría sangre por todas las paredes y el suelo si esto fuera un desastre de ellos —dice Matteo.

¿Intenta quitarle importancia a la situación? Su humor no me hace mucha gracia.

Le lanzo una mirada y él se limita a encogerse de hombros.

—¿Qué? —pregunta Matteo—. ¿No está de acuerdo?

—Llama a uno de nuestros soldados. Quiero saber sin lugar a dudas quién estaba vigilando a Olivia y por qué —digo—. Que traigan a quien sea para interrogarlo.

Tengo la intención de asistir al interrogatorio cuando sea el momento.

———

De vuelta a casa, me aseguro de recoger algunos víveres extra en el camino de regreso y guardo todo en el refrigerador.

Apenas faltan dos minutos para que oiga el portazo de un coche en el exterior.

Es lejano, apenas audible, pero estoy en alerta máxima después de lo de hoy.

Miro por la ventana.

Olivia se acerca a la puerta, que está cerrada.

Unos segundos más tarde, mi teléfono zumba con un mensaje de texto de ella.

Ya estoy aquí.

Esta vez no salgo. Cojo el mando y abro la puerta de hierro forjado, permitiendo a Olivia entrar en la propiedad.

Una vez que me aseguro de que está dentro de la verja y de que nadie la sigue, pulso el botón y empiezo a cerrar la verja. Tiene la capacidad de cerrarse sola, pero no quiero dar la oportunidad de entrar en mi propiedad a nadie que no deba hacerlo.

Sobre todo porque alguien parece estar vigilando a Olivia.

¿Es porque ella trabaja para mí?

Quienquiera que la haya estado espiando, ¿piensa que tenemos una relación? ¿Han estado esperando que aparezca para hacer fotos escandalosas?

Bueno, no hay ninguna.

No hay nada digno de material de chantaje.

He sido cuidadoso. Siempre tengo que tener cuidado con la gente, no importa dónde esté. Cualquiera podría estar grabando lo que digo, observando lo que hago y tratando de atraparme.

Desbloqueo la puerta principal justo cuando Olivia sale al porche. Abro la puerta de un tirón, intentando parecer indiferente, pero el corazón me martillea en el pecho.

¿Por qué me hace sentir así? ¿Es porque ella es una mujer y yo un hombre?

¿Es tan simple como la biología?

—Entra —le digo y me hago a un lado para dejarla entrar en la casa.

—Gracias.

Se quita los zapatos y los deja en la entrada. Olivia está mucho más relajada que la última vez que estuvo en mi casa. Eso fue hace meses. Parece que ha pasado toda una vida. Sigo esperando las buenas noticias, con la esperanza de que me diga que está embarazada, pero sé que lleva tiempo.

Tuvo que someterse a pruebas médicas, inyecciones, procedimientos y luego hay que esperar.

La espera es insoportable.

Agonizante.

No soy el hombre más paciente. Y el hecho de que quiera esto más que casi nada en el mundo lo hace aún más doloroso.

Quiero un hijo que siga mis pasos.

—Estaba a punto de poner la cena. Supongo que aún no has comido. pregunto.

Sin palabras, Olivia niega con la cabeza. Hay una leve sonrisa en sus labios.

—Todavía no.

—Todavía es temprano —digo.

Debe de haber salido del trabajo y venir directamente de la oficina. Va vestida con una falda lápiz negra y una blusa roja oscura que le ciñe los pechos.

Intento no mirar.

Siempre intento mantener la profesionalidad con todos mis empleados. Pero ella es la única que intenta quedarse embarazada de mi hijo.

Tal vez la culpa la tenga la biología, el hecho de que aunque no me acueste con ella, mi semilla sigue plantada en su vientre. Solo con estar en su proximidad, tengo que dar un paso atrás.

Quiero arrinconarla contra la pared, levantarle la falda y arrancarle las bragas. Entonces enterraría mi polla en su interior.

La habitación es sofocante.

Me dirijo al termostato y ajusto la temperatura, bajando un grado.

—Entra, siéntete como en casa —le digo mientras la conduzco a la cocina.

—¿Qué hay para cenar? —pregunta.

Hay una inocencia en ella.

Olivia es joven, mucho más joven que la mayoría de las mujeres con las que me he acostado últimamente. Solo imaginarla desnuda me hace sentir que estoy asaltando una cuna, pero tiene más de dieciocho años. Demonios, es lo suficientemente mayor para beber legalmente.

—Filet mignon, judías verdes, con cuscús y una guarnición de ensalada. Ya tengo pensado el menú para esta noche. Tuve que recoger todos los ingredientes en la tienda de comestibles antes de volver a casa.

Su lengua sale y se pasa por el labio superior.

—Todo suena delicioso.

La miro fijamente.

Joder.

Ella tiene un aspecto delicioso.

Interiormente, gimo y me aclaro la garganta. No puedo sentir nada por ella. Si actúo en consecuencia, la subrogación tendrá que terminar. Los últimos ocho meses se habrían desperdiciado, todo por un pequeño trozo de culo.

No me gustan las relaciones. Tengo aversión a ellas, así que follar con ella una vez para pasar un buen rato me parece un desperdicio aún mayor.

Mañana me odiaría a mí mismo.

Cojo el filete de la nevera y lo desenvuelvo del papel de carnicero, colocándolo en un plato para sazonarlo.

—¿Cómo aprendiste a cocinar? —pregunta Olivia. Se acerca al fregadero y se lava las manos.

¿Piensa ayudar?

—Mi padre me enseñó —digo—. Le encantaba asar todo lo imaginable. Algunas de sus preparaciones eran maravillosas, pero otras eran francamente espantosas.

Olivia se ríe en voz baja.

—¿Cómo qué?

—La ensalada de frutas, por ejemplo, no es buena en la parrilla. Claro que puedes asar unas cuantas piñas para cubrir la carne, pero una ensalada de frutas entera asada en una bolsa de papel de aluminio no era una de las favoritas.

Ella frunce los labios, probablemente imaginando la vista.

—No sé. Me encantan los arándanos cocidos, especialmente en magdalenas o tortitas.

—Claro, cuando se hornean, pero habría probado a poner las tortitas en la parrilla y luego se habría escandalizado cuando el líquido rezumaba por las rejillas.

Olivia se echa a reír.

—Tienes que estar bromeando.

—¿Lo estoy? —pregunto riendo—. Me gustaría estar bromeando. ¿Y tú? ¿Cocinas a menudo? —no me imagino que pueda permitirse comer fuera todo el tiempo.

—No a menudo, pero me gusta hornear —dice Olivia y me clava la mirada—. Ahora mismo, tengo un bollo en el horno.

Se me seca la boca mientras la miro fijamente.

—¿Estás embarazada?

¿Habla en serio?

Una enorme sonrisa se dibuja en su cara.

—¡Sorpresa! —Olivia se ríe y asiente emocionada—. He pedido cita con el médico para la semana que viene, pero me he hecho seis pruebas de embarazo y todas han dado positivo.

Quiero rodearla con mis brazos, atraerla contra mí y abrazarla.

—¿Puedo darte un abrazo? —le pregunto.

Quiero celebrarlo, pero tampoco quiero que se sienta incómoda. Es una línea muy fina, y el hecho de que actualmente sea su jefe no ayuda. Pero le juré que me parecería bien, que contratarla sería bueno para ella y para la empresa.

—Sí —dice y se acerca.

La sonrisa que luce hace que mi corazón se dispare. La atraigo con fuerza y tengo que abstenerme de levantarla del suelo y hacerla girar. No es una niña.

—Quiero que te mudes aquí conmigo inmediatamente.

—¿Qué? Creía que íbamos a esperar hasta después del primer trimestre. pregunta Olivia. Se aparta, con el ceño fruncido, y se desenreda de mi abrazo—. El contrato establecía que...—

La interrumpo.

—Hoy he recibido una llamada telefónica. No sé cómo decirlo con delicadeza, pero alguien te ha estado vigilando.

—¿Qué? —se aleja de mí. Como si la hubiera quemado. Olivia cruza los brazos sobre el pecho—. No lo entiendo.

—Tengo a uno de mis colegas vigilando para cuando el sospechoso reaparezca —digo, omitiendo la parte en la que pienso interrogarlo y torturarlo yo mismo. Llegaré al fondo de esto y averiguaré qué hace vigilando a Olivia.

Su voz se quiebra.

—¿No sabes quién es?

Niego con la cabeza. No tiene sentido preocuparla con la cantidad de enemigos que me he ganado. La lista es larga.

—Lo averiguaremos, pero estás embarazada. Y hemos hablado de que te quedarás después del primer trimestre. Solo que será un poco antes —le digo.

Abro la nevera y saco las judías verdes. Las lavo bajo el grifo antes de cortar las puntas.

—¿No te vas a hartar de mí? —pregunta Olivia.

—Tu seguridad es mi prioridad número uno. La tuya y la de ese bebé que llevas dentro —le recuerdo.

—¿Y mis cosas? —Olivia se pasa una mano por el pelo.

—Te acompañaré a tu apartamento para coger tus cosas y traerte aquí —mi respuesta es firme.

Tengo que proteger a la criatura que lleva dentro tanto como siento la necesidad de cuidarla.

Ella emite un suave suspiro. No quiero pelear con ella. ¿Está cediendo?

—No voy a poder convencerte de lo contrario, ¿verdad? —pregunta.

—No, una vez que me decido, está hecho.

Cojo una olla del armario de abajo y el cesto de la vaporera, lo lleno de agua y me dispongo a ponerlo en el fuego.

Olivia abre los armarios, desconociendo mi casa.

—¿Qué buscas? —le pregunto.

—Iba a ayudar a poner la mesa, pero me doy cuenta de que no sé dónde se encuentra todo.

—Siéntate y relájate —le digo—. Ya tengo la cena. Puedes ayudar a limpiar si quieres hacer algo.

Ella frunce la nariz ante mi sugerencia.

—Odio lavar los platos.

—Yo también —digo, riendo en voz baja—. Y yo que pensaba que si te mudabas me harías un favor.

Olivia pone los ojos en blanco y sonríe ante mi sentido del humor. Al menos no está molesta por mi sugerencia y por hacer que se mude. Pensé que tendría que luchar con ella y convencerla de que no era seguro, incluso mostrándole el apartamento de al lado y el equipo de vigilancia que encontramos.

Me alegro de no tener que hacerlo. Ver y saber son dos cosas diferentes.

No quiero hacerla pasar por esa invasión de la privacidad.

Ella toma asiento en el mostrador en uno de los taburetes.

—¿Me vas a decir por qué sigues soltero? Estás buenísimo, eres rico de cojones y, según los periódicos, no tienes pareja.

Ocultando la sonrisa en mi cara, la miro. Nunca había visto este lado de ella, vulgar, honesto, abierto.

—No te creas todo lo que lees —le digo.

¿Piensa ella que soy atractivo?

La encuentro atractiva. Es difícil no hacerlo con su pecaminoso movimiento de caderas. Cada vez que camina y está frente a mí, mi mirada se posa justo en su trasero perfectamente proporcionado.

Pero no puedo actuar según esos impulsos. Aunque quisiera, podría arruinarlo todo.

Y ahora que está embarazada, hay demasiado en juego.

CAPÍTULO CATORCE

OLIVIA

Jace me acompaña de vuelta al apartamento para recoger mis pertenencias. No hay mucho que sea mío, solo la ropa que he acumulado en los últimos dos meses. Cojo mi bolsa y meto dentro mi ropa, todo lo que tengo.

La mayoría de los objetos del apartamento no son míos. No lo he decorado. No hay ningún cuadro colgado y no tengo material para hacer ninguna obra de arte.

Cierro la cremallera de mi bolso y me dirijo a la cocina. En la encimera está el cargador de mi teléfono. Agarro el cable y lo meto en la cremallera delantera de la bolsa.

—¿Y la comida de la nevera? —pregunto, señalando la nevera llena. Acabo de ir a comprar la semana pasada.

Tal vez no le importe a Jace, pero no quiero desperdiciar comida en perfecto estado.

—Enviaré a Matteo para que se pase por aquí, y pueda limpiar tu nevera, limpiar el lugar.

Eso no era exactamente lo que quería decir, pero si no se va a perder, entonces será suficiente.

Tengo miedo de preguntar si sabe quién exactamente estaba vigilando el apartamento, escuchando a escondidas.

¿Era Caruso o uno de sus hombres?

Jace no tiene idea de la conexión que tengo con ellos.

Son de la mafia.

Tipos realmente malos.

Me matarían si hablara de ellos, y preguntar ahora,

mientras podríamos estar bajo vigilancia, podría hacer que nos hirieran a los dos, o algo peor.

Tengo que ir con cuidado. Pero sin duda, si es Luka Caruso o sus hombres, no pararán solo porque me haya movido. Nunca dejarán de perseguirme.

Otra razón por la que tengo que seguir adelante con tener el hijo de Jace.

Después de que me pague, podré pagar mi deuda con Caruso. ¿Será suficiente el dinero, o será mi dueño para siempre? Los hombres como Caruso no se van así como así. No importa que no haya firmado el trato con mi sangre.

—Vamos, salgamos de aquí —dice Jace, llevándome a la puerta principal. Me tiende la mano y me quita la bolsa de viaje.

—Puedo llevarla yo —le digo. La bolsa no es tan pesada. Apenas pesa nada. Su maletín de trabajo es probablemente más pesado.

Jace se encoge ligeramente de hombros.

—Que puedas no significa que debas —abre la puerta y me hace un gesto para que salga del apartamento.

Cierro el lugar detrás de mí y le entrego las llaves. El sitio es suyo. Más vale que se quede con las llaves. Además, si Matteo planea limpiar y vaciar la nevera, necesitará entrar en el apartamento.

Avanzo por el pasillo y miro la puerta que está al lado de mi apartamento.

¿Es ahí donde se ha instalado el fisgón?

Tengo miedo de expresar mis preguntas en voz alta.

—Vamos —dice de nuevo y me agarra del codo, llevándome hacia el ascensor a toda prisa.

Es como si ocultara algo, y me empujara a salir de aquí rápidamente.

¿Por qué? ¿Qué es lo que no sé? ¿Qué es lo que no me dice?

En cuanto se cierran las puertas del ascensor, cruzo los brazos sobre el pecho.

—¿Qué pasa, Jace?

Levanta una mano, indicando que le dé un momento.

Pongo los ojos en blanco y, cuando llegamos a la planta baja y salimos, sigo esperando su respuesta.

—¿Me estás evitando o te preocupa que alguien nos escuche? —le pregunto.

—En mi profesión, me he ganado bastantes enemigos —dice.

No me sorprende. ¿Ha sido uno de sus enemigos el que me ha estado vigilando al lado? ¿Le han amenazado con hacerle daño? ¿Es por eso que Jace no ha ido a trabajar hoy?

Abre el maletero y deja caer mi equipaje dentro antes de abrir la puerta del pasajero para que suba al vehículo.

Siempre un caballero. Incluso cuando evita mis preguntas.

Es difícil imaginarle cabreando a mucha gente, pero un hombre con bastante valor, uno de los más ricos del mundo, se encuentra en la línea de fuego. Al menos, me imagino que es así. A mí nunca me ha parecido un problema.

—¿Sabes quién me estaba vigilando ahí dentro? —le pregunto. ¿Me lo diría si fuera el equipo de Caruso?

—Matteo estuvo vigilando el apartamento durante unas horas esta noche, pero se fue hace una hora.

Pusimos nuestro equipo de vigilancia oculto. Si alguien regresa, sabremos quién es. Pero no espero mucho.

—¿Y eso por qué? —pregunto.

Jace se adentra en el tráfico. Las carreteras están todavía bastante concurridas esta tarde. Intento relajarme mientras él nos lleva más lejos de la ciudad y hacia su casa.

—Atraparemos al tipo, pero dudo que hable o confiese para quién trabaja —dice Jace. Su ceño se frunce y coge la radio, subiendo el volumen para ahogar el silencio en el vehículo y la discusión entre nosotros.

Mi teléfono móvil zumba en el bolsillo, pero no lo saco ni lo miro. Al menos, todavía no. No quiero preguntas, y si Luka Caruso se está comunicando conmigo, no puedo dejar que Jace se entere, nunca.

No parece un incidente aislado, pero estoy seguro de que Jace sabe lo que hace.

Jace está a salvo. Viviendo con él, no tendré que preocuparme por mí o por el bebé que llevo dentro.

Él me protegerá.

———

—Esta es tu habitación —dice Jace mientras me lleva a mi nuevo dormitorio. Me está enseñando su casa. No es que no haya visto el lugar antes, pero han pasado meses desde que me quedé.

Y eso fue solo una noche.

Lleva mi maleta al dormitorio y la coloca en el suelo junto a la cómoda.

—¿Necesitas ayuda para deshacer la maleta? —me pregunta.

—No, yo me encargo. Gracias —le digo. No necesito que me atienda. Puedo cuidarme sola. El alojamiento es un plus, y aunque me gustaba el apartamento en el que había estado viviendo, Caruso podía encontrarme en cualquier momento.

Estaba sola.

Al menos ahora, hay una capa adicional de protección con el sistema de seguridad y las puertas de metal.

Jace no dejará que me pase nada. Si no es por mi bien, por el hijo suyo que llevo dentro.

—Te dejo con ello. Si necesitas algo, estoy al final del pasillo —dice.

Jace sale del dormitorio y cierra la puerta tras de sí.

En cuanto sale de la habitación, saco el móvil y miro los mensajes perdidos. Espero uno, y hay tres, todos del mismo número desconocido.

Tiene que ser Caruso. Es un número local que no reconozco, y la persona que llama no tiene nombre.

Jugando a la casita con tu jefe.

¿Cómo sabe que me mudé con Jace?

¿Me está vigilando? ¿Es él quien ha estado vigilando mi apartamento? Bueno, el apartamento de Jace en el que he estado viviendo durante los últimos meses.

Envío una respuesta rápida.

¿Quién es?

¿Me dirá la misteriosa persona que llama si son los Caruso o simplemente seguirá amenazándome y acosándome?

¿Y si Jace ve mi teléfono? Tengo que tener cuidado. No puedo dejar que nadie sepa que estoy tratando con la mafia. Lo último que quiero es que salga herido.

Tu pago está atrasado.

Confirmado. Es Luka o uno de sus matones. No me importa mucho. Ya sea él o un soldado, todos me dan miedo. El hecho de que tengan sus garras en mí ya es doloroso. Dondequiera que vaya en la ciudad, siempre me encuentran.

He hecho lo que me pediste.

Han insistido en que me contrate Jace Barone. Me las arreglé para trabajar en su empresa. He estado esperando el día para que lo cobren.

¿Qué querrán? ¿Información? ¿Acceso? Lo que sea podría hacer que me despidan, o peor, que me metan en la cárcel.

Acabamos de empezar.

Mi estómago se hunde. Voy a vomitar. Me apresuro a ir al baño y a abrir la tapa del inodoro.

No sale nada. Tal vez debería estar agradecida, pero el pozo en el fondo de mi estómago se asienta como un yunque y no desaparece.

Las náuseas me invaden.

¿Terminará alguna vez?

Apago el teléfono. No quiero recibir otro mensaje de Caruso. He terminado con ellos. Saco la batería y desconecto el teléfono. Quizá sepan dónde vivo, pero no pueden localizarme.

No dejaré que se pongan en contacto conmigo.

Si no tengo teléfono, tal vez me dejen en paz.

Este lugar es una fortaleza. Jace no les dejará entrar en su casa, y las puertas exteriores y el sistema de alarma deberían ser suficientes para mantenerlos fuera.

———

Nos dirigimos al trabajo por separado. Nadie tiene que estar al tanto del hecho de que estoy viviendo con mi jefe y teniendo su bebé. Subrogada o no, hay rumores que no quiero que circulen.

Jace parece tener el mismo pensamiento al respecto. Además, nuestros horarios no son necesariamente los mismos. Él es el dueño, el jefe. Puede trabajar cuando quiera.

Yo tengo un horario fijo para atender la recepción de arriba.

Tomo una taza de café y me siento en mi escritorio, moviendo el ratón para despertar el ordenador.

Jace ya ha llegado esta mañana. La luz de la oficina estaba encendida, pero él no estaba en su despacho cuando pasé casualmente a buscar mi bebida.

Sorbo el líquido caliente. Si alguien me pregunta, le diré que es descafeinado, y por alguien me refiero a Jace. Nadie más sabe que estoy embarazada. Y a nadie más le importaría lo que estoy bebiendo, siempre y cuando no esté cargado y afecte a mi trabajo.

Hay un paquete en mi escritorio, una carpeta de manilla con burbujas, con algo dentro. Está dirigido a mí.

Eso es muy sospechoso.

No recibo mucho correo, y mucho menos en la oficina. Lo que recibo suele ser correo basura, catálogos para elegir material de oficina, cosas de ese tipo.

Esto no se parece a eso.

No hay etiqueta de devolución.

Ni siquiera está sellado. Alguien lo dejó.

¿Quién? ¿Cuándo? Echo un vistazo a la oficina. Nadie parece prestarme la más mínima atención. Está dirigido a mí. Lo compruebo dos veces, preguntándome si he confundido la etiqueta porque todavía estoy medio dormida.

Anoche me costó conciliar el sueño. La cama de la casa de Jace era bastante cómoda, pero me resultaba extraño estar bajo su techo, viviendo con él. Antes, cuando me quedé a dormir, la primera vez, era un apuesto desconocido, un hombre que me había hecho una oferta que, aunque peculiar, había sido en cierto modo bastante halagadora.

Ahora, es mi jefe.

Y aunque me entusiasmaba trabajar para él, el hecho de que sea mi jefe y duerma en el mismo pasillo bajo el mismo techo, me está costando asimilarlo.

Juré que mantendríamos la profesionalidad. No me malinterpretes, lo somos. Ni siquiera nos hemos besado, y aunque quiero ver cómo se siente bajo mi cuerpo, no puede ser.

No sucederá.

Me gusta mi trabajo. Aprecio el hecho de tener un techo sobre mi cabeza y un cheque de pago estable. Seguro que el dinero empezará a fluir más rápido ahora que llevo a su pariente, pero aun así, no quiero fastidiar esto.

—Hola, forastera —dice Jace, deteniéndose en mi escritorio. Lleva una taza gigante de café. Es una vergüenza para el mío.

—Espero que sea descafeinado —dice, mirando mi taza de café casi vacía.

No le contesto. Evitar la afirmación me parece lo mejor.

—No tienes que preocuparte —digo y esbozo una leve sonrisa—. Todo va bien.

—Bien —dice Jace y mira el paquete que hay sobre mi mesa—. ¿De quién es?

Pero ahora que está de pie junto a mí, observándome, no puedo abrir el maldito sobre. ¿Y si es un mensaje de Caruso?

Una mentira se me escapa tan fácilmente de la lengua.

—Es la información para pedir más tóner para la impresora —digo.

—¿Otra vez ese artilugio se ha quedado sin tinta? Juro que lo reemplazamos a diario.

Está exagerando, pero reemplazamos el tóner con bastante frecuencia. Juro que así es como la empresa gana dinero, enviándonos prácticamente cada semana los cartuchos que necesitamos para hacer funcionar la máquina.

—No es tan a menudo —digo—. ¿Puedo ayudarte en algo? —le miro con ojos ansiosos. Quiero que se vaya para poder abrir el sobre. Tampoco quiero que nadie se haga ilusiones sobre nosotros dos.

No hay nada que cotillear.

Bueno, excepto que estoy embarazada de él.

—Déjame llevarte a comer —dice Jace.

¿Está loco? Intentamos pasar desapercibidos, no dar a los rumores algo de lo que hablar. Por mucho que quiera pasar tiempo con Jace fuera del trabajo, no podemos. Ya estamos viviendo juntos. Planeo mantenerme al margen todo lo que pueda, al menos por el momento.

—No creo que sea una buena idea —digo.

—¿Estarás en casa para la cena? —pregunta Jace, bajando la voz para que solo yo pueda oír su pregunta.

No hay ningún otro lugar donde pueda estar.

—Sí —digo, mirando fijamente sus ojos verdes. Me dedica una sonrisa de mil demonios—. Bien. Entonces es una cita.

—Espera. ¿Qué?

Jace gira sobre sus talones y se dirige a su despacho.

No se refería a una cita real, estoy segura. Es una expresión. Probablemente se refería a eso y yo estoy exagerando.

Me froto la frente y me aseguro de que Jace hace tiempo que se ha ido antes de abrir el sobre. Dentro hay una nota junto con un pendrive.

Trabajas para nosotros. Enciende tu teléfono o haremos daño a Jace.

¿Qué quieren que haga con la memoria USB? Miro dentro del sobre, pero no hay nada más. Tiro el sobre a la basura.

La puerta del ascensor se abre y Matteo sale.

Apoyo la mano en el escritorio, enterrando el disco duro bajo la palma. Quizá no se dé cuenta.

—Buenos días, Olivia —dice. Rara vez me habla, pero hoy ha decidido ser amable. Qué bien. ¿Es por el apartamento?

—Buenos días —digo, forzando una sonrisa.

Su ceño se frunce mientras me estudia de pasada. No se acerca a mí, y me alivia que no intente continuar la incómoda conversación entre nosotros. No somos amigos. Apenas he hablado con él, bueno, nunca.

Sin embargo, parece estar cerca de Jace, y tal vez debería conocerlo. Por otra parte, si hay alguna posibilidad de que trabaje con Luka, tal vez permanecer lejos de él sea lo mejor.

Una vez que dobla la esquina y se pierde de vista, examino la unidad flash. Parece normal. Sin conectarlo a una ranura USB, no hay forma de saber si está vacío o hay algo en él.

No me arriesgaré a conectarlo y a instalar un virus. No soy idiota.

No hay ninguna otra nota. No hay instrucciones. Su amenaza es real, al menos en lo que respecta a Jace, pero no tengo mi teléfono conmigo. ¿Espera que vuelva corriendo a la casa, lo coja, lo encienda y haga lo que quiera?

Meto el pendrive en el cajón del escritorio. Me ocuparé de Caruso esta noche cuando llegue a casa.

———

Jace se dirige al ascensor y se detiene junto a mi mesa de camino a la comida.

—¿Seguro que no puedo convencerte de que vengas?

Hay una sonrisa cálida y amistosa en su rostro. Es tentador, pero no puedo aceptar su oferta.

—Gracias, pero voy a tomar algo rápido.

Matteo se apresura a alcanzarlo.

—¿Almuerzo? —pregunta Matteo, asintiendo a Jace.

—Claro.

Parece que ha encontrado a alguien que le acompañe.

Mi estómago refunfuña y quiero almorzar, pero espero hasta que se haya ido. Cojo mi bolso y me dirijo al ascensor y luego al exterior. Me aprieto más la chaqueta y me apresuro a ir a la tienda de sándwiches más cercana.

Dudo que Jace coma allí. Parece más bien un tipo de restaurante lujoso, de cinco estrellas, de alta cocina.

Por suerte, no lo veo cuando miro a través de las ventanas de cristal antes de abrir la puerta.

—Olivia. La voz de Luka me sobresalta desde atrás.

Veo su reflejo en el cristal mientras mi mano se posa en la entrada del restaurante.

Dejo caer el pomo de la puerta y me giro para mirarle.

—¿Has recibido nuestro mensaje? —pregunta Luka.

Me sorprende ver que es él quien entrega el mensaje. ¿No tiene hombres que se encarguen de esas tareas?

—No tengo el teléfono encima —digo. No es una mentira.

Saca un teléfono desechable del bolsillo y me lo entrega.

Frunzo los labios. ¿Cómo puedo deshacerme de este asqueroso?

—No quiero tu teléfono —le digo.

—No te lo pido —dice Luka. Me lo pone en la mano, obligándome a coger el aparato—. Necesitamos información, y tú eres la persona perfecta para dárnosla. Pon la memoria USB en el ordenador personal de Jace, en su casa.

—¿Qué? Estás loco si crees que voy a hacer eso.

—Lo harás si quieres mantener a tu pequeño amante a salvo.

Así que no saben lo del acuerdo de subrogación. Casi respiro de alivio. Todavía no estoy fuera de peligro. Estos hombres son peligrosos, y Jace no tiene ni idea de a qué se enfrenta ni de lo que he hecho, del daño que podría infligir involuntariamente.

Me abstengo de decirle a Luka que Jace no es mi amante. Que solo somos colegas. Nunca se lo creerá, y quizá sea mejor que piense que somos más de lo que somos. Pero no estoy seguro de cómo es mejor, ¿cómo podría usar eso como ventaja?

—¿Por qué Jace? —pregunto. ¿Por qué querían que ganara empleo con Jace Barone? No podían saber que tendría acceso a su casa y a su ordenador personal.

—Eso no es de tu incumbencia —dice Luka con disgusto—. Responde a tus mensajes —se da la vuelta y se aleja entre la multitud de peatones, desapareciendo delante de mí.

¿Le cuento a Jace lo de Luka? ¿Qué le diría? ¿Me creerá que no es culpa mía?

Me apresuro a entrar en el restaurante y pido un sándwich para llevar. Cojo una bolsa de patatas fritas y me la llevo a la oficina. Después de encontrarme con Luka, lo único que quiero es volver a mi mesa, donde está a salvo. Al menos, creo que está a salvo.

Hay guardias dentro del edificio. Es por eso que no me mostró su cara en el trabajo. Pero, ¿cómo consiguió entregar el paquete? ¿Quién en la compañía está trabajando para la familia Caruso? Tiene que ser un trabajo interno.

CAPÍTULO QUINCE

JACE

Después del trabajo, me dirijo a casa. Olivia ya está trasteando en la cocina. Está cortando verduras y hay una pequeña ensalada de frutas en un bol cercano.

Juntos, preparamos la cena. Yo preparo la mayoría de los ingredientes, pero ella me ayuda cada vez que le pido que coja algo de la nevera o que me pase un utensilio cuando le señalo dónde está.

El teléfono móvil de Olivia suena en su bolsillo durante la cena. Ni siquiera lo coge ni mira la pantalla para saber quién está intentando localizarla.

—¿Necesitas cogerlo? —le pregunto.

—Me parece de mala educación hacerlo durante la cena —dice.

Tiene razón. ¿Intenta enseñarme modales para que se los transmita a mi hijo? Tiendo a mirar mucho mi teléfono. Es parte del negocio, no solo dirigir Industrias Barone, sino también la mafia.

Requiere mucho de mi tiempo.

Cómo diablos voy a criar a un niño y encontrar el tiempo para cambiar pañales, alimentar al pequeño, no estoy seguro. Probablemente tendré que contratar a una niñera a tiempo completo. Lo cual estará bien. Para entonces, la habitación de Olivia estará vacía y la niñera podrá instalarse en ella.

Sonrío, silencio el teléfono y me lo meto en el bolsillo. Aunque no lo he mirado durante la cena, estaba en la mesa del comedor.

Su cara arde.

—¡Lo siento! No estaba diciendo que no puedas mirar el teléfono —se apresura a disculparse.

—No, tienes razón. Es de mala educación estar con el teléfono durante la cena o cuando otra persona tiene toda tu atención. Sin embargo, tengo curiosidad por saber quién se acerca a ella.

Estoy seguro de que tiene amigos, familia, alguien que la está controlando. Pero no me ha hablado de nadie más. Por lo que sé, es huérfana, lo cual dudo que sea cierto, pero lo parece.

Ella frunce la nariz y se ríe. Hay una ligereza en su comportamiento, pero también puedo ver una lucha que cruza sus rasgos y que no puedo explicar. No la conozco lo suficiente como para leerla como un libro. Al menos, todavía no.

Con el tiempo, estoy seguro de que lo sabré todo sobre la mujer que lleva a mi hijo.

—Ahora que es oficial —digo, haciendo un gesto hacia ella, el hecho de que está embarazada, — empecé a pedir prácticamente de todo para el bebé. Cuando empieces a ver docenas de paquetes entregados en casa, sabrás por qué.

Se ríe y se tapa la boca con la mano.

—¡Todavía no sabes si es niño o niña!.

—No importa —digo—. Puedo donar todo lo que decida no conservar a una organización benéfica para madres solteras. Seguro que hay alguna por ahí.

Ella da otro bocado a su cena, sonriendo y negando con la cabeza. No parece estar molesta por mi comentario, lo cual es bueno.

—Siempre pensando en el futuro —reflexiona—. Probablemente deberías comprar una cuna en la tienda y no por internet.

—¿Por qué? —siento curiosidad por sus pensamientos. Es madre, y aunque no tenga la custodia de su hijo, probablemente sepa más de niños que yo.

—No se puede saber lo resistente o duradera que es la cuna en Internet o en un catálogo. Nos pasamos de la raya con la habitación del bebé cuando estaba embarazada, aunque estoy segura de que pondrás en evidencia mis hábitos de compra.

Frunzo el ceño. ¿Podría ser su ex-marido? ¿Alguna vez tiene la oportunidad de hablar con su hijo? Seguro que es un tema delicado, pero Olivia nunca habla de ninguno de los dos.

—¿Hablas con tu hijo a menudo? —le pregunto.

¿Es él quien la ha estado llamando durante la cena? Si es así, no me imagino que haya ignorado a la persona que llamó. No parece el tipo de madre que ignoraría una llamada o un mensaje de texto, sin importar la hora o lo ocupada que esté.

Se le cae la cara y se le cae el tenedor, el metal resuena contra la mesa. Los ojos de Olivia se abren de par en par y coge el utensilio, con las mejillas rojas.

—Ehm... está muerto, Jace.

Se me revuelve el estómago.

No tenía ni idea.

—Lo siento mucho —no hay nada que pueda decir para consolarla, para quitarle ese dolor. No le hago más preguntas.

Si quiere hablarme de él, la escucharé. Pero no quiero rechazarla.

Asiente con la cabeza, con los ojos clavados en lo que queda de su comida sin comer. Olivia picotea su comida con el tenedor. Su apetito parece haber desaparecido.

El mío también.

—Lo siento —repito. No era mi intención molestarla o hacerla sentir un poco incómoda.

—Sí, creo que voy a tomar un baño caliente y prepararme para ir a la cama.

—Claro, yo me encargo de los platos —le ofrezco. Lo último que quiero es que se estrese durante el embarazo. Eso no ayuda a nadie, y no quiero que su estado emocional le provoque un aborto, si es que eso es posible.

Lleva su plato a la cocina y lo limpia en el fregadero antes de desaparecer por el pasillo.

Con un fuerte suspiro, cojo el teléfono. Hay media docena de llamadas perdidas y mensajes de Matteo.

Espero a que su habitación esté cerrada. Aunque no puedo ver su habitación desde el comedor, oigo el cierre de una puerta.

De pie, cojo mis platos y limpio el resto, tirándolos en el fregadero. Ojeo los mensajes. No hay nada específico de Matteo, *llámame* o *urgente*, y mi favorito, *¡coge el maldito teléfono, jefe!*

Llamo a Matteo, saltándome el buzón de voz. No me

deja mensajes de valor. Solo que le devuelva la llamada. Conozco su rutina.

—¡Por fin! —suena exasperado.

—¿Qué pasa? —le pregunto—. ¿Por qué la urgencia? —si me llama repetidamente en una hora, algo va mal. Intento ocultar la preocupación en mi voz y mantener la calma. Quizá esté exagerando.

¿Cuándo ha exagerado Matteo?

Aparte de traer a Olivia como vientre de alquiler, eso fue bastante poco convencional. Le doy un respiro en esa ocasión.

—Tenemos un problema. Ha habido un incidente en los muelles.

Me aclaro la garganta y miro por el pasillo, asegurándome de que estoy solo. No hay rastro de Olivia.

—¿Qué tipo de incidente? —pregunto.

—Los Carusos atraparon a uno de nuestros capos.

—Mierda —maldigo y hago una mueca de dolor—. ¿A quién? —pregunto. Confío en mis hombres, pero no puedo evitar preocuparme. Hay que guardar los secretos, y la tortura puede ser un método persuasivo para obtener información.

¿Divulgará información a manos de Caruso y sus matones?

—Andrea —dice Matteo.

—¿Cómo sucedió esto? —necesito todos los detalles. Errores como este no pueden volver a ocurrir. No en mi guardia como don.

—Por lo que he averiguado, Andrea fue seguido hasta los muelles. Uno de los hombres de Caruso le siguió durante la recogida de un cargamento.

Me pellizco el puente de la nariz y exhalo un fuerte suspiro. Andrea sabe más de lo que debería. Es una parte vital de nuestra organización. No puedo permitirme perder un activo, pero lo que es peor es que Don Caruso lo tiene retenido.

—¿Qué sugieres que hagamos? —aunque no acepto órdenes de Matteo, aprecio su perspicacia. A veces ofrece una perspectiva única, y quiero escuchar su recomendación antes de recitar mis órdenes.

—Por mucho que me agrade el tipo, no quiere hablar.

—¿Estás seguro? —valoro la opinión de Matteo, pero no puedo evitar preocuparme de que cualquiera pueda ser manipulado para divulgar secretos. Especialmente aquellos que tienen información de inteligencia que podría perjudicar nuestra operación.

—Razonablemente, señor.

—Si lo dejamos en manos de Don Caruso, es como si estuviera muerto —digo.

Odio perder hombres, especialmente hombres buenos. Pero ir a la guerra por la captura de un hombre sería mucho más peligroso y arriesgado. Podría destruir todo lo que he logrado.

Y ese es el movimiento de poder de Caruso.

Quiere destruirme y hacer que mi imperio se derrumbe.

—Montar una misión de rescate podría poner en riesgo a más de tus hombres, docenas más —dice Matteo.

Estoy de acuerdo, pero no hacer nada muestra debilidad. Demuestra a Luka Caruso que puede hacer lo que quiera. Que él dirige esta ciudad, y eso está muy lejos de la verdad.

—Y quedarme de brazos cruzados mientras mata a mis hombres no es algo que esté dispuesto a aceptar —digo. Hay una firmeza en mi tono, un descaro en lo que ha sucedido todavía me pica el deseo de tomar represalias.

No me gusta saber que mis hombres, mi familia, están en peligro.

Les ofrezco protección, y si no puedo hacerlo, estoy como muerto.

—Lo entiendo, señor. Usted pidió mi posición. Lo más seguro es dejar que las cosas se asienten y contraatacar cuando menos lo esperen —dice Matteo.

Es un hombre sensato, pero no entiende lo que se arriesga al esperar y no responder. Caruso volverá a actuar, y hay que detenerlo.

A toda costa.

Oigo el cierre de la puerta.

—¿Olivia? —llamo. Estoy un poco nerviosa después

de la noticia que Matteo acaba de soltar en mi regazo.

Olivia no responde.

—Voy a tener que volver a llamarte, Matteo.

—Claro, jefe.

Termino la llamada y me meto el teléfono en el bolsillo. Las luces del pasillo están encendidas y la alarma está puesta. No ha sonado. Estoy seguro de que estoy exagerando, pero Caruso no es de fiar.

Si puede llegar a uno de mis capos, un hombre entrenado para matar, entonces puede llegar a Olivia.

Espero estar siendo paranoico.

Este lugar es una fortaleza. No debería estar dentro de estas cuatro paredes, pero no puedo evitar preocuparme.

Me acerco al pasillo. La puerta del dormitorio de Olivia está abierta. Hay un baño privado conectado a su habitación, así que me sorprende que la puerta no esté cerrada. ¿A menos que busque mi compañía?

Lo dudo.

Me estoy extralimitando.

Solo somos amigos. Colegas. Soy su jefe. Eso es todo. Y ella está embarazada de mi hijo, pero no es romántico. No es que no tenga sentimientos por ella, pero no he actuado sobre ellos. No soy un completo imbécil.

Asomo la cabeza en su habitación.

La lámpara de cabecera está encendida. Emite un suave resplandor ámbar por toda la habitación, las sombras bailan sobre las paredes y la cama. Pero no hay rastro de Olivia.

La puerta del baño también está abierta.

Mi estómago se tensa.

—¿Olivia?

Vale, ahora estoy preocupado.

¿A dónde diablos se fue? No puede haberse levantado y desaparecido. Las ventanas están cerradas. La puerta principal está cerrada. Demonios, tuvo que pasar junto a mí para salir por la puerta principal.

A menos que se haya escabullido por la puerta trasera. ¿Pero por qué? Y la alarma habría sonado. El teclado no indica que alguien haya activado o desactivado la alarma.

La puerta de mi despacho se abre con un chirrido y Olivia sale, mirándome con los ojos muy abiertos. Tiene la mano cerrada en un puño.

¿Está ocultando algo? ¿Ha robado algo de mi despacho?

—¿Qué demonios estás haciendo?

CAPÍTULO DIECISÉIS

OLIVIA

Jace cierra la distancia entre nosotros.

Mierda. Mierda. Mierda.

No esperaba escabullirme por el pasillo y que me pillaran.

¿Qué le digo?

¿Qué excusa puedo usar para sacar mi trasero del agua caliente?

Me ha hecho una pregunta, exigiendo saber qué estaba haciendo, y aún no le he contestado.

No hay una buena respuesta que le guste escuchar. Me siento como un ciervo en medio de la autopista con tráfico en dirección contraria.

Estoy congelada y él está a punto de chocar conmigo.

Estoy muerta.

—Piensa bien lo que vas a decir —me advierte Jace.

Está enfadado. No es solo su tono lo que indica que está muy enfadado. Es la vena que se le abulta en el cuello, y su cara es de un rojo intenso.

—Lo siento —balbuceo.

—¿Por qué? —espera una explicación, pero no hay ninguna que yo quiera dar. Al menos no una que sea honesta. Me odiará, me despedirá, y ni siquiera sé qué pasaría con su hijo que llevo dentro y nuestro acuerdo.

Necesito ese dinero.

Es mi manera de salir de esta deuda con Caruso.

Mi única salida.

—No debería haber ido a husmear —no es una mentira, pero ¿es suficiente?

Se estremece, y su mirada se estrecha.

—¿Encontraste lo que buscabas?

Se me seca la boca. Arrastro los pies, incómoda bajo su escrutinio. No estoy segura de lo que buscaba, solo de que Caruso quería que copiara archivos en un pendrive, que está metido en la palma de mi mano.

Intento ser casual con las manos metidas en los puños.

—Los documentos de su oficina, ¿son de sociedades pantalla? —no debería preguntarlo, pero tengo curiosidad ahora que he mirado. Es como abrir la caja de Pandora. No puedo volver a poner la maldita tapa lo suficientemente rápido.

—Soy dueño de muchas organizaciones y varias empresas —dice Jace—. ¿Cuál es tu pregunta?

—¿Son todas empresas legales?

Se burla de mi pregunta.

—Si no lo fueran, ¿no crees que el FBI llamaría a mi puerta? Estoy en el punto de mira del público, señorita Summers —dice Jace, refiriéndose a mí por mi apellido. Es frío, impersonal. Ese es probablemente el punto. Se está distanciando de mí.

¿Es porque le he hecho daño? ¿Traicioné su confianza? ¿O por otra razón?

Se acerca a grandes zancadas, acercándose a mi espacio personal. Jace me agarra de la muñeca y me lleva la mano a la cara, abriendo los dedos.

Me roba el pendrive de las manos.

—Me llevaré esto —dice.

Abro la boca, pero no sé qué decir. Lo siento sería un buen comienzo, pero la disculpa no aparece. Me siento avergonzada por mi comportamiento, pero mis acciones no son lo que soy ni lo que represento. Solo he actuado así porque no tengo otra opción.

Caruso no es un hombre amable ni generoso.

Tengo la esperanza de que Jace pueda y quiera perdonarme.

—¿Te importa darme alguna explicación? —Jace tiene los ojos muy abiertos mientras me clava la mirada. Está esperando que diga algo.

Conmoción.

Es el único pensamiento racional que explica por qué he perdido la voz. Mi corazón late con fuerza. El miedo me recorre, mezclado con una fuerte descarga de adrenalina.

¿Va a echarme, a obligarme a ser una indigente como lo era antes de conocerle?

No le culpo. Se merece echarme. Tal vez debería sugerirle que me vaya. ¿No sería mejor? Entonces, Caruso no puede seguir acosándome por información. No puedo darle lo que no tengo acceso.

—Te vas a enfadar conmigo —digo con rudeza. Me hace falta toda mi fuerza para decir la verdad.

Su mirada es intensa, severa. Me incomoda.

Dejo de concentrarme en el suelo. Es más fácil no encontrar su dura mirada. Me agarra la barbilla y la levanta, obligándome a mirarle a los ojos.

—¡Explícate! —sus palabras son tajantes.

Un escalofrío me recorre.

—Luka Caruso —susurro las palabras.

¿Conoce al mafioso?

Jace es un multimillonario. No se ensucia las manos en la política mafiosa.

—¿Qué pasa con él? —Jace se burla.

¿Es posible que haya oído hablar de él? No es que los Carusoes sean un grupo tranquilo de mafiosos. Asaltan los negocios del barrio, los obligan a pagar un impuesto de protección o envían a sus soldados a robar los escaparates.

No es ningún secreto que son unos mafiosos con problemas.

Exhalo una respiración temblorosa, y Jace suelta su agarre de mi barbilla y mi brazo, dejándome ir. Espera mi explicación.

Contemplo la posibilidad de correr, pero ¿hasta dónde llegaría? Le debo la verdad. Quizá pueda encontrar una forma de protegerme si no me odia primero y me entrega a las autoridades por haberle robado.

—Estoy esperando —Jace no es el hombre más paciente, especialmente cuando se trata de traición.

Él está bien dentro de mi espacio personal, y me abstengo de dar un paso atrás.

—Mi ex marido, John, pidió prestados decenas de miles de dólares a la mafia. Pidió un préstamo y nunca lo devolvió en su totalidad. Cuando John huyó, Luka Caruso siguió acosándome por el dinero. Me ofreció un plan de pagos con un interés exorbitante, pero si pagaba cada semana, me dejaría vivir. Seis meses después, John volvió y me complicó aún más la vida. Yo me encargaba de los pagos. Llegaba a fin de mes para Austin y para mí. Pero John quería volver a casa. Nunca debí dejarle volver. Estaba vigilando a Austin la noche del incendio —digo.

Respiro con fuerza. No me explayo. Los recuerdos están todavía demasiado frescos, demasiado crudos.

Es más fácil disociar. Tal vez no sea sano, pero es la forma en que afronto lo ocurrido. Es la única manera que conozco.

—John murió en el incendio. Austin no sucumbió a sus heridas inmediatamente. En cambio, acumuló cientos de miles de dólares en facturas médicas por sus quemaduras antes de fallecer. Las facturas médicas se acumulaban. Al hospital no le importaba que mi hijo y mi marido estuvieran muertos. A la mafia no le importó que tuviera gastos médicos y que no pudiera pagar la hipoteca. El banco se quedó con mi casa, y los cobradores de deudas se llevaron cada céntimo que ganaba. No quedó nada para la mafia.

Su lengua sale y se lame la comisura de los labios. Jace parece perdido en sus pensamientos. ¿Me cree? Es la verdad, todo lo que he dicho. Nunca le he mentido.

—Luka Caruso es un hombre peligroso.

Soy consciente de ese hecho, y es por lo que me aterroriza.

—¡Lo sé! ¿Crees que quiero estar en deuda con él? —el hombre prácticamente es mi dueño. Al menos cree que lo es. Y no puedo alejarme de él. No me deja. Lo he intentado.

—¿Te pidió que fueras a husmear a mi oficina? —pregunta Jace. Da un paso atrás y cruza los brazos sobre el pecho. Su postura, aunque cerrada, es más relajada que antes. Es una mezcla extraña, como si estuviera tratando de decidir algo, pero no estoy segura de qué.

—Me dio el pendrive y me exigió que copiara los archivos de su ordenador personal.

No tiene sentido mentirle. Ya me han pillado. Todo lo que puedo esperar es su perdón, y tal vez pueda ayudarme a salir de este lío.

CAPÍTULO DIECISIETE

JACE

Quiero golpear algo.

A alguien.

Principalmente a ese imbécil de Don Caruso. Se merece una paliza. Pero no puedo simplemente ir a su complejo y llamar a la puerta principal.

Es más complicado que eso, pero si ha estado vigilando a Olivia, quizás no tenga que ser así.

—¿Cómo ha estado contactando contigo? —pregunto. Necesito saberlo todo sobre su relación. Doy un respingo, rezando para que no sea nada íntimo.

Olivia firmó un contrato para abstenerse de tener relaciones con cualquier otro hombre mientras intentaba quedarse embarazada de mi hijo.

Su cabeza está inclinada hacia abajo, con la mirada puesta en sus pies.

—Me ha llamado al teléfono, ha hecho llegar un paquete a la oficina y me ha amenazado hoy mismo cuando iba a comer.

Cierro las manos en puños a mi lado. ¿Por qué no pudo acompañarme a comer cuando la invité? Al menos esa escoria no se habría acercado a ella si yo hubiera estado con ella.

—Necesitas un guardaespaldas.

Es lo primero que hay que hacer mañana por la mañana. Uno de mis hombres la acompañará a todos los lugares a los que vaya sin que yo esté con ella. Ya sea a las citas con el médico o a salir a comer, no dejaré que Caruso la vuelva a molestar.

—¿Es necesario? —pregunta Olivia.

—¡Absolutamente! —su protección y seguridad son de suma importancia. ¿No se da cuenta de que, si no es por ella, es por el bebé que lleva dentro? —estás embarazada de mi hijo. Eso te convierte en un objetivo.

Me mira con sus brillantes ojos azules y expulsa una suave bocanada de aire.

—De acuerdo. No se opone a mí.

No sé por qué esperaba que lo hiciera, quizá porque no parece el tipo de chica que cede. Siempre ha sido obstinada, al menos desde que tengo la oportunidad de conocerla.

—Háblame de este paquete que ha hecho llegar a la oficina. Le cojo el codo y la guío para que me acompañe al salón a tomar asiento. Esta conversación no está a punto de terminar, y no voy a dejar que se vaya a la cama sin contestar.

Me lo merezco, teniendo en cuenta su traición.

Cualquier otro, y habría sido asesinado.

No se resiste lo más mínimo. Olivia me acompaña al salón y se hunde en el lujoso sofá.

Me siento a su lado, dejando un amplio espacio entre nosotros. Echo un vistazo a la cocina. Me vendría bien un trago, algo fuerte que me ayude a calmar mis entrañas. La adrenalina me recorre con fuerza, haciendo que mi corazón se estrelle contra mi caja torácica. Me cuesta todo lo que tengo dentro para sentarme como si estuviera tranquilo.

No me siento ni un poco tranquilo ni asentado, pero no le indico a Olivia lo contrario. Tengo que estar tranquilo y sereno. Es parte de ser Don, no dejar que mis hombres o mis enemigos vean miedo o incertidumbre.

—No había mucho. Una nota amenazando con que tengo que responder a mi teléfono, que dejé en su casa a propósito. Me ha estado enviando mensajes de texto, molestándome, sin parar —dice Olivia.

Parece genuina, y su comportamiento no me muestra que esté ocultando nada. He visto a hombres astutos mirar hacia otro lado, evitando mi mirada. Sus hombros están caídos, un signo de derrota, no de desafío.

—¿Algo más? —le pregunto. .

—El pendrive —dice y señala el dispositivo en mi palma—. No sé qué esperaba que hiciera con él, y no pensaba hacer nada. Pero entonces te amenazó.

—¿A mí? —me río ante lo absurdo de la amenaza. ¿No estaba haciendo esto para proteger su trasero?

Esa había sido mi expectativa. No la culparía por salvarse a sí misma. No es que ella sepa cómo tratar con hombres como Luka.

Olivia levanta lentamente la vista para encontrar mi mirada.

—Sí, pensó que nos acostábamos desde que vivo aquí.

Doy un suspiro de alivio. Al menos no ha conseguido hackear a mi abogado y descubrir el rastro de papeles entre Olivia y yo ni ha encontrado ningún registro con mis datos de la agencia de vientres de alquiler con la que había contactado anteriormente.

—Ya veo —digo. Debería creer que somos pareja. Así no se sorprenderá de una visita cuando aparezca y le amenace el culo por molestar a mi novia—. Me encargaré de Caruso. No te volverá a molestar.

Además, todavía tengo que lidiar con el capo, Andrea, que ha sido secuestrado. Es una crisis tras otra.

Su voz es tímida, temerosa.

—¿Cómo?

¿Le preocupa que me pase algo? Ella no sabe que yo dirijo la mafia, que los Caruso son una familia rival, y esto me da una excusa para masacrar a sus hombres. Se llevaron a uno de los míos. Amenazaron a la mujer que lleva a mi hijo. Es hora de tomar represalias.

Cualquier cosa menos, y pareceré débil.

CAPÍTULO DIECIOCHO

OLIVIA

No ha hablado de Caruso desde la noche en que me pilló en su despacho con el pendrive. Todo lo que me dijo fue que estaba hecho, y que yo estaba a salvo.

¿Qué se hizo?

¿Mató a Luka?

El hombre era un monstruo, pero asesinar a otro hombre no lo hace correcto.

Probablemente sean las hormonas y el cerebro del embarazo que me hacen tener locas fantasías sobre lo que hizo Jace para obligar a Caruso a dejarme en paz. Quiero creer que se ha ido y que no puede volver a molestarme, pero todavía tengo pesadillas en las que me amenaza.

Jace es un multimillonario. Probablemente pagó al matón. Eso es lo que hace la gente rica, ¿verdad? El dinero resuelve todos sus problemas.

Desde el incidente, he tenido un guardaespaldas por insistencia de Jace. ¿Cree Jace que los hombres de Caruso vendrán a por mí? ¿Por qué si no tengo a alguien que me siga a todas partes que voy?

¿Siempre estaré vigilando por encima del hombro a Luka?

Jace me lleva al trabajo. Cuando me niego, insiste en que Matteo pase por allí de camino a la oficina, que está en la dirección opuesta.

No necesito que Matteo me odie. Me gusta mi trabajo, y una pequeña parte de mí espera poder conservarlo después del embarazo.

Matteo me acompaña a comer si Jace no está o está ocupado. Si es fuera de horario, no hay muchos sitios a los que vaya sola. A veces voy de compras, pero Matteo me acompañó una vez, y después de eso, siempre fue otro guardia.

¿Lo aburrí hasta la muerte?

Bien.

—Voy a salir. ¿Has terminado? —pregunta Jace, deteniéndose junto a mi escritorio. Sus días se han vuelto más típicos, menos trasnochados desde que insiste en llevarme a casa.

Él se cierne sobre mi escritorio, y estoy segura de que los rumores están empezando a extenderse. Apenas he empezado a mostrar, pero cualquier día voy a estallar. Mis pantalones de trabajo ya son difíciles de poner, y aunque me gustaría culpar a mis hábitos alimenticios últimamente, probablemente sea el hecho de que estoy muy embarazada.

—No sé, ¿he terminado, jefe? —pregunto con una sonrisa.

Puede que no estemos saliendo, pero parece que hay algo entre nosotros, aparte del pequeño embarazo.

—Vamos, y te acompaño a la salida —dice.

Apago el ordenador y cojo mi abrigo, deslizándolo mientras me apresuro a rodear mi escritorio.

Él pulsa el botón de bajada del ascensor cuando me acerco.

—¿Qué tal si comemos algo y hacemos unas compras? —pregunta Jace.

No tengo la menor idea de lo que quiere comprar. ¿Le acompaño porque no tengo otro viaje a casa o porque realmente quiere pasar tiempo conmigo?

—¿De compras? —estoy encantada de irme ya, y de todas formas son casi las cinco.

—Sí, cosas para la gominola —dice Jace cuando se abren las puertas del ascensor. Me hace un gesto para que entre primero antes de acompañarme, las puertas se cierran tras nosotros.

El ascensor está vacío. Agradezco que haya privacidad entre nosotros. Bueno, aparte de la vigilancia de seguridad, pero no creo que puedan oírnos.

¿Pueden?

—Muy pronto, la gominola va a ser del tamaño de una sandía —me río.

—Sí, no antes de que sea un dulce de limón primero.

Estoy bastante segura de que el bebé ya es más grande que una cabeza de limón. Quizá sea del tamaño de un limón. Tendría que sacar el libro del bebé para ver qué tamaño tiene ya el pequeño, pero he estado tratando de evitar la intimidad emocional y la conexión.

Quiero alegrarme por Jace cuando le entregue a su hijo o hija, no estar triste. Seguro que es una mezcla de emociones, y con las hormonas como están, será inevitablemente una montaña rusa.

—¿Qué pasa contigo y los dulces? —me burlo. Nunca le he visto comer dulces. Claro que ha tenido algo de comida basura en su casa, pero casi siempre come sano, y todo lo que cocina es siempre nutritivo.

—Me gustan los dulces —el ascensor desciende hasta el aparcamiento y Jace me acompaña hasta su coche, abriéndome la puerta.

En realidad no tiene por qué hacerlo, pero sonrío y aprecio bastante su encanto. Es caballeroso.

Y aunque no debería encontrar nada de lo que hace dulce o atractivo, es difícil no fijarse en él cuando lo veo todas las noches.

Me abrocho el cinturón de seguridad, y él corre hacia el lado del conductor y sube al vehículo.

—¿A dónde nos dirigimos? —vuelvo a preguntar. Su comentario sobre las compras es demasiado críptico para Jace. Es el tipo de respuesta que le daría a uno de sus guardaespaldas cuando se ven obligados a acompañarme.

—Cena, y me gustaría que me dieras tu opinión sobre algunas cosas del bebé —saca el coche del aparcamiento.

El tráfico es intenso, pero su atención está en la carretera mientras conversamos. Sus manos están en el volante, atento a la hora de salir al tráfico. Es un conductor tranquilo, mucho más tranquilo que yo en el tráfico urbano y tratando con idiotas.

—Oh —digo, sorprendida de que quiera mi participación. Me apoyo una mano en el vientre. Todavía no he sentido las patadas del bebé, solo ligeros aleteos apenas perceptibles, pero al haber estado embarazada antes, capto los movimientos más sutiles.

—¿Está bien? —ya se está alejando de la casa, pero no estoy nada nerviosa. Confío en Jace.

En lo que no confío es en mi capacidad para no coquetear con él.

Jace es guapo, increíblemente rico y el hombre más generoso que he conocido. Es difícil no enamorarse de alguien que te colma de atenciones constantemente. Probablemente así es como empezó mi ligero enamoramiento.

Al menos, me gusta pensar que es pequeño, como el tamaño de una cabeza de limón. Probablemente era del tamaño de una gominola la semana pasada.

Mierda.

El pequeño está creciendo tan rápido como mi enamoramiento.

Jace me mira, esperando una respuesta. Parece preocupado porque no le he dicho que me parece bien salir a ver cosas de bebés con él.

—Sí, claro —digo y sonrío, genuinamente emocionada por formar parte de este proceso—. Es que no pensé que quisieras mi opinión.

—Eres una madre. Ya has pasado por esto antes —me recuerda Jace—. Esta es mi primera vez.

Sonrío débilmente. Sigo siendo una madre. Incluso sin Austin, eso no cambia nada—. Serás un gran padre —le digo, y lo digo en serio.

Ha sido maravilloso conmigo, generoso. Me lo imagino estupendo con su hijo o hija.

—Gracias, pero tienes que decir eso. Te estoy pagando —se burla Jace.

Me está pagando mi sueldo en la empresa y un estipendio adicional al mes para los gastos del embarazo. Por supuesto, es algo más que gastos. Los ceros adicionales en los cheques son mucho más generosos de lo que cualquier agencia proporcionaría a la madre de alquiler.

—Aun así, es cierto —sonrío y miro por la ventana. ¿Hace calor aquí? Siento las mejillas acaloradas. Busco el termostato—. ¿Te importa?

—Ponte cómoda —dice Jace.

———

Después de una cena elegante en la que me siento mal vestida, incluso con mi traje de trabajo, Jace nos lleva un par de manzanas hasta la boutique de bebés más cercana.

Es cara, de alta gama y, sinceramente, nadie necesita gastar miles de dólares en un sonajero o en unos zapatos plateados de bebé que el recién nacido no puede llevar.

Hay cosas exageradas, y luego hay cosas que buscan gastar dinero porque te ven venir y saben que eres multimillonario. No le dejo comprar nada y le saco de la tienda en menos de cinco minutos.

—¿Creía que íbamos de compras? —Jace tiene el ceño fruncido. Parece no entender lo que necesita un bebé y lo que quiere venderle una tienda.

Me río en voz baja.

—¡No puedes hablar en serio!

—¿Qué? ¿No crees que la pequeña gominola necesita un chupete de oro?

Mis párpados se entrecierran y él sonríe.

—¿Qué tal si te llevo a algún sitio? —digo y le tiendo las manos para que me dé las llaves del coche mientras caminamos de vuelta a su vehículo.

—¿Quieres conducir mi coche? —pregunta—. Podrías simplemente darme las indicaciones.

—Podrías entregarme las llaves —le digo.

¿Por qué es tan terco? Es solo un coche, y tiene muchos más en su garaje.

Jace hace sonar las llaves justo por encima de mi mano durante un segundo antes de que las coja en la palma.

—Vamos, te llevaré de compras, pero no sé qué necesitas ni dónde piensas ponerlo en casa —el hombre ya se ha gastado el equivalente a mi sueldo en compras de bebés online.

Se ríe en voz baja.

—Entiendo, pero sigo queriendo salir esta noche.

—Oh, ¿así que esta era tu manera de hacerme salir en una cita? —me burlo mientras me acerco a su coche. Desbloqueo las puertas y entro en el lado del conductor.

Sus ojos se abren de par en par y sus orejas se enrojecen ante mi sugerencia.

—No estaba sugiriendo que fuera una cita, Olivia. Si quisiera que fuera una cita, me habría adelantado y te habría invitado a salir.

Una sonrisa cae de mi cara mientras subo al coche y me pongo al volante.

—Claro —digo.

Evito su mirada mientras ajusto los retrovisores y arranco el motor para salir al tráfico.

El coche prácticamente se conduce solo. No me había dado cuenta de eso cuando había sido el pasajero.

—He hecho una pausa con las citas —dice Jace.

No sé por qué me está explicando su vida de citas o la falta de ellas; quizá porque lo he puesto en un aprieto.

—Está bien. No es asunto mío —digo. Me dirijo a la tienda más cercana de artículos para bebés. Aunque Jace lo tiene prácticamente todo en lo que se refiere a montar la habitación del bebé, no hay mucha ropa que haya comprado. Unos pocos conjuntos para un recién nacido, pero un bebé puede pasar por varios cambios de ropa en un día.

—Aunque no sea de tu incumbencia, creo que debo explicarte —dice Jace.

Le dejo hablar mientras me concentro en la carretera y en llegar a nuestro destino.

—Estás viviendo bajo mi techo, llevando a mi hijo. No me parecería bien traer a mujeres al azar a casa.

—No tienen por qué ser aleatorias —digo, lanzándole una mirada. ¿Es todo lo que hace, acostarse con cualquiera y tener aventuras de una noche?

CAPÍTULO DIECINUEVE

JACE

Hay una tensión evidente entre nosotros, y no estoy seguro de si es porque Olivia piensa que me acuesto con cualquiera o si me he equivocado por completo.

¿Fue una mala idea invitarla a ir a comprar cosas para el bebé conmigo?

Me gusta pasar tiempo con ella. Eso no debería ser un crimen. Es divertido estar con ella de una manera que nunca he experimentado antes.

No suelo tener mujeres cerca. No es que desprecie las citas, pero es difícil cuando todo el mundo sabe que eres rico. Las mujeres suelen arrojarse a mis pies por mi fortuna.

No me quieren a mí. Quieren lo que puedo ofrecerles.

Olivia es diferente.

Es lo que me gusta de ella. Desde la primera vez que nos conocimos en mi oficina, no me miró como si tuviera la llave del reino y todo un tesoro del que pudiera apoderarse. Claro que sabe que tengo un montón de dinero, pero ignora los otros poderes que tengo.

Especialmente, los más oscuros que son mucho más siniestros. Es mejor mantenerla en la oscuridad.

Lo que no sabe no le hará daño. ¿No es esa la verdad?

—Estás callado —dice Olivia mientras caminamos uno al lado del otro bajo el duro resplandor de la luz fluorescente.

Empujo un carrito, no porque piense comprar algo en concreto, sino porque me parece lo correcto. No espero que Olivia empuje el carrito.

Frunzo los labios.

—¿Tienes suficiente ropa de maternidad? —pregunto.

Ella enarca una ceja y deja de caminar.

—No estamos comprando para mí —dice Olivia.

Tiene razón, pero no quiero admitirlo. Sigo paseando por el pasillo de la ropa de recién nacido. Es demasiado pronto para saber si es niño o niña.

¿Acaso quiero saber el sexo antes de que nazca el bebé?

Quiero un hijo, un heredero de la familia Barone, pero criar un chiquillo o una chiquilla. Joder. No sé nada de cómo hacer eso.

¿Por qué pensé que ser un padre soltero era una gran idea mientras también era un don?

¿En qué coño estaba pensando?

Olivia chasquea los dedos delante de mis ojos.

—¿Dónde has ido, Jace?

Ella no puede conocer mis dudas y temores.

Don Caruso sigue ahí fuera. Tengo un destacamento de seguridad sobre Olivia dondequiera que vaya. Tengo a mis hombres siguiéndome a todas partes.

Excepto que no viven conmigo. No lo necesitan.

Mi casa está separada de mi trabajo.

El complejo donde mis hombres viven, interrogan a salvajes despiadados y comandan la ciudad no está lejos de mi casa. Pero me gusta mantener los negocios separados del placer. Y mi casa hace que sea fácil llevar a las mujeres a casa para una noche salvaje sin mil y una preguntas.

Al menos así era hasta que conocí a Olivia.

Ella no sabe lo del complejo, y tampoco tengo intención de que lo descubra. No es necesario con la protección que le he puesto, un guardaespaldas a donde quiera que vaya. Es una necesidad después de conocer las amenazas de Luka.

Mataría al bastardo si pudiera entrar en su casa sin ser detectado. Pero no es tan fácil. Tiene docenas de hombres, listos con armas para masacrarme.

Sin palabras, me dirijo con el carrito de la compra hacia la ropa del recién nacido.

—¿Alguna pista sobre si es un niño o una niña lo que hay ahí? —le ofrezco una sonrisa. Es amistosa y cálida, pero todo lo que siento es miedo.

Hago lo que puedo para enmascarar la duda, ese miedo que me persigue como a un mafioso. Ella nunca tiene que saber la verdad.

Me lo repito a mí mismo, deseando que sea verdad.

Ella apoya una mano en su abdomen.

—Es difícil saberlo —dice y frunce la nariz con una sonrisa.

Detrás de ella, a varios metros de distancia, hay dos hombres de Caruso. Nos observan desde la distancia y esperan hacer un movimiento.

Ella no se da cuenta de su presencia y no quiero preocuparla. Pero no podemos quedarnos aquí y esperar a que se acerquen a nosotros. No son tan estúpidos como para hacer un movimiento dentro y lastimarnos físicamente a Olivia o a mí. Pero podrían obligarnos a salir, y ahí es donde acecha el peligro.

Los hombres de Caruso no tienen idea de quién es Olivia para mí. Creen que es otra mujer con la que me he acostado, pero seguro que descubrirnos en el pasillo de los bebés hará que Luka se entere.

La atraigo contra mí, de forma brusca y contundente. Es un acto, un espectáculo para los hombres que nos miran. Nuestros cuerpos están apretados, mi mano está en la parte baja de su espalda. Anhelo acunar su culo, pero me abstengo de disfrutar de esto. Por mucho que quiera, hay demasiado en juego.

—¿Jace?

No es de extrañar que parezca sorprendida. Nunca he mostrado ningún interés en ella románticamente, pero no tengo más remedio que hacer creer a los hombres que la observan que es mía. De hecho, volverán a su recinto e informarán de que la chica es, de hecho, mi novia.

Tengo que hacerlo de forma convincente.

Y aunque no quiero ponerla en peligro, ya lo he hecho recorriendo los pasillos de los bebés. También puedo demostrarles que es mía. Descubrir que es un vientre de alquiler podría ser mucho peor, porque lo único que se interpone entre nosotros es ese bebé.

Soy un cabrón por poner en juego la vida de Olivia en lugar de mi hijo.

La atraigo más fuerte, con más fuerza, y mis labios

aplastan los suyos. La reclamo y dejo que todos vean que está conmigo, bajo mi protección.

Juro proteger a la mujer que lleva a mi hijo, pero sobre todo, juro proteger a mi hijo no nacido. El bebé que va a tener, mi heredero al trono Barone.

CAPÍTULO VEINTE

OLIVIA

Me besó. Jace Barone realmente me besó.

Y, maldita sea, me sentí muy bien; mi estómago se agitó con mariposas. Mi corazón se eleva como si estuviera flotando por encima de las nubes, y tan rápido como empieza, el calor y la pasión, se acaba.

Jace se retira y me pasa un brazo por los hombros.

—Salgamos de aquí —dice mientras me aleja del carrito de la compra, abandonándolo mientras me dirige hacia la salida.

—Vale —susurro.

Me hormiguean los labios por el beso.

Jace besa muy bien. Sabe cómo hacer que mis entrañas se agiten y mi cuerpo cae bajo su hechizo.

No me atrevo a preguntar por qué me ha besado. No quiero romper el trance.

¿Estoy soñando?

No me importa si es un sueño. Es maravilloso. Un sueño hecho realidad. Tal vez se haya dado cuenta de que sus sentimientos por mí no son solo por tener un bebé, sino por algo más.

Jace me acompaña al coche, me abre la puerta delantera y espera a que me abroche el cinturón antes de cerrar la puerta y acercarse al lado del conductor.

Es todo un caballero.

¿Es porque va a ser padre?

¿Me quiere en su vida?

En cuanto Jace cierra la puerta y arranca el coche, acelera el motor y salimos del aparcamiento. El humo y el polvo se levantan detrás de nosotros.

Tiene prisa.

—Siento lo del beso de antes. Tuve que hacerlo convincente.

—Convincente —digo, repitiendo sus palabras lentamente. La niebla se está asentando, pero no tengo ni idea de lo que está parloteando.

—No puedo dejar que le pase nada a ese pequeño que llevas, y siempre hay hombres peligrosos que me vigilan. Siempre te van a estar vigilando. Por eso he contratado un guardaespaldas para que te acompañe a todas partes, pero no es suficiente. Ni mucho menos. No con la noticia de que estás embarazada. Tenemos que asegurarnos de que sea convincente que estamos enamorados y que esto no es un acuerdo comercial.

Siento que la cabeza me da vueltas.

—Jace, ¿de qué demonios estás hablando? —mi estómago se tensa. Me tiemblan las manos y las aprieto contra mi regazo, esperando que no note el ligero temblor.

Todo lo que he comido en la cena se me revuelve en el estómago.

Por favor, que no salga a relucir.

—Los hombres de Caruso nos estaban vigilando en la tienda.

—¿Qué? —jadeo. El coche está caliente y se me cae el sudor por la frente. Bajo la ventanilla, necesito aire.

Jace pulsa el botón para cerrar la ventanilla y luego cierra todas desde el botón de su puerta.

—No es seguro.

Quiero salir del vehículo.

Correr.

Huir.

¿Es por Luka Caruso y la deuda que tengo con él?

No, eso no parece correcto. No se siente bien. Luka es un hombre que va detrás del dinero. Me ha amenazado en el pasado, y estoy segura de que es capaz de intimidarme, pero lo que sea que esté pasando dentro de la cabeza de Jace no se siente igual.

Hay un ligero temblor en mi voz. Pero exijo saber la verdad.

—¿Cómo es que no es seguro? —pregunto.

Necesito respuestas.

Me debe el respeto de decirme la verdad.

—Caruso no estaba al tanto de tu embarazo. No se le nota —dice, mirándome—. Todavía no.

Vuelve a centrar su atención en la carretera, con los nudillos apretados al agarrar el volante. De vez en cuando, mira por el espejo retrovisor.

¿Nos están siguiendo?

Está oscuro. No veo ningún faro en el retrovisor lateral, pero sospecho que Jace es más hábil a la hora de detectar a alguien que le sigue. Aunque no sé por qué tendría experiencia en eso, es un multimillonario, no le persiguen constantemente los malos.

—No entiendo. Dijiste que te encargarías de las cosas con Luka Caruso.

No le había preguntado a qué se refería con eso, pero había asumido que había acudido a él con un montón de dinero, le había amenazado y le había insistido en que Luka me dejara en paz.

¿No fue eso lo que pasó?

—Es más complicado de lo que crees —dice Jace.

—No sabes lo que pienso. Dime, Jace, ¿qué demonios está pasando?

Atravesamos carreteras secundarias y calles laterales hasta que acabamos en el corazón del centro de la ciudad. Hay una alta puerta de hierro forjado. Es aparentemente familiar, como si quien diseñó este lugar hubiera diseñado la casa de Jace.

Hay una arquitectura similar a la del edificio detrás de la valla vigilada. Pero es más grande. Mucho más grande. Hace que la casa de Jace parezca una cabaña comparada con la mansión que se extiende por hectáreas de terreno.

Jace se detiene en la entrada y un guardia pulsa un botón para desbloquear la puerta.

—¿Dónde estamos? —pregunto. De nuevo, me tiembla la voz.

Hay muchas cosas que no sé sobre Jace, y no debería importarme. No debería importar. No estamos saliendo. Diablos, ni siquiera somos pareja.

Soy su compañera de negocios, la sustituta de su hijo.

Pero siento que una oscuridad que no puedo explicar se cierne sobre este lugar, como una fortaleza, vigilada y protegida.

Pero, ¿por qué?

—¿Quién eres tú? —susurro, mirándolo. Tengo la boca seca y el estómago tenso. Decir que estoy nerviosa sería quedarse corto. Estoy aterrorizada.

Jace tiene secretos. Pero no sé por qué. Es dueño de una gran corporación, y es un multimillonario. Tendría sentido que tuviera elaboradas medidas de seguridad y guardias. Esto se parece más a la casa que esperaba ver cuando nos conocimos. No la pequeña casa de campo al otro lado de la ciudad.

Pero es más oscura, fuertemente vigilada, y algo se siente mal.

¿Es una casa señuelo?

¿Existe eso? Exhalo un fuerte y pesado suspiro.

Jace aparca el vehículo y sale. Se acerca a mi puerta y la abre. No me he movido ni un centímetro. Sigo abrochada en el asiento.

—Vamos. Tenemos que meterte dentro.

Mi mirada recorre el exterior del edificio. Es viejo, pero hermoso. El exterior es de ladrillo y está bien cuidado. Hay tres pisos y el edificio se eleva sobre nosotros.

—No voy a ir a ninguna parte hasta que me digas dónde estamos —exijo.

Me debe la verdad.

Suspira y mete la mano en el coche, inclinándose sobre mí mientras me desabrocha el cinturón de seguridad.

—Tengo una segunda casa. Puedes entrar andando o te echaré al hombro y llevaré tu culo a la casa.

Su mirada se clava en la mía.

—Entraré andando —susurro, mirando fijamente su aguda mirada verde.

—Bien.

Se retira lo suficiente para que pueda salir del vehículo. Cierra de golpe la puerta tras de mí antes de que tenga tiempo de cerrarla. La mano de Jace está en la parte baja de mi espalda mientras me acompaña con firmeza por las escaleras de piedra.

—¿Esta es tu fortaleza de la soledad? —bromeo. No me parece un superhéroe. Hay algo oscuro en él, en este lugar.

—Algo así —susurra mientras me acompaña hasta la puerta principal. Hay lectores biométricos en el exterior del edificio. Un escáner de retina, una huella de mano y una huella de voz—. Jace Barone. Sus palabras son una orden, y la puerta se abre para él.

Toda esa seguridad, ¿y no podía simplemente hacer que un guardia abriera la puerta? Parece un poco exagerado, pero ¿qué sé yo?

—Buenas noches, jefe —dice Matteo con una inclinación de cabeza mientras saluda a Jace.

¿Jefe?

He visto a Matteo en la oficina. No sabía que el trabajo se extendía fuera del horario laboral. El pobre, obligado a trabajar todo el día y la noche.

—Déjame llevar a Olivia arriba y mostrarle su nuevo alojamiento. Volveré a bajar para discutir los asuntos —dice Jace.

Matteo asiente con firmeza.

—¿Alojamiento? —pregunto. ¿Creía que me iba a quedar con Jace?

¿Es aquí donde se alojan sus socios? ¿Es un centro de retiro?

No reconozco a nadie más de la oficina, aunque Jace emplea a bastante gente. Hay muchos hombres, todos con trajes de negocios, algunos con auriculares puestos. Parecen guardias. Todos llevan una pistola enfundada en la cadera.

—Sí, aquí es donde te vas a alojar —dice Jace mientras me guía por la escalera.

La mansión es enorme. Los suelos son de madera, con una estrecha escalera que sube en curva hasta el segundo nivel.

Sigo a Jace y me fijo en lo que me rodea. Hay cuadros en las paredes, obras maestras. Originales. Deben ser reales, teniendo en cuenta la fortuna de Jace.

Me guía por el pasillo, que parece no tener fin. Estoy segura de que es una ilusión. A la derecha, abre la puerta y me hace un gesto para que entre en la habitación.

—Haré que te traigan la ropa de la casa —dice Jace.

Al entrar en la habitación, veo que es enorme. La habitación es más grande que mi apartamento, lo que parece una locura para un dormitorio. En el exterior hay un balcón que se extiende a lo largo del dormitorio y con vistas al patio.

—¿Eso de ahí abajo es un jardín? —pregunto, mirando por la ventana. Es impresionante. El patio es lo suficientemente grande como para albergar un columpio cuando el pequeño crezca y esté protegido del peligro.

¿Era ese el plan de Jace? ¿Mantener a su hijo o hija siempre a salvo?

Supongo que me quedaré aquí hasta que nazca el bebé.

—Lo es —dice Jace mientras viene a ponerse a mi lado. Abre la ventana, dejando que el aire fresco resuene por la habitación—. ¿Qué te parece?

No está mal, pero me niego a admitir que estoy impresionada.

—Pensé que viviría contigo —digo. Ese era el acuerdo, y aunque no me interesaba jugar a las casitas, este lugar me da miedo. Probablemente por las docenas de guardias armados que ya he visto. ¿Este lugar no me pone en más peligro?

—Lo harás. Viviré bajo el mismo techo. A medida que se acerque tu fecha de parto, también traeré a una comadrona por si necesitas algún cuidado adicional o te pones de parto antes de tiempo.

No sé qué decir. No está rompiendo el contrato, pero ¿por qué mostrarme su humilde morada y obligarme a vivir aquí con él? Todavía no me ha respondido sobre Luka Caruso. Prometió ocuparse de ello.

—¿Por qué nos mudamos aquí, ahora? —le pregunto—. ¿Luka Caruso también te amenazó? —es la única explicación lógica a la que puedo dar sentido. ¿Por qué si no se iba a preocupar por esos hombres de la tienda esta noche?

Nos estaban siguiendo. Jace lo había visto. Probablemente ha sido entrenado para prestar atención a personas y situaciones sospechosas. Ser un multimillonario debe venir con un montón de amenazas. Solo puedo suponer que Luka está detrás de su fortuna.

Pero Jace es un hombre honesto, que se gana la vida honestamente.

—Siempre es una amenaza.

Mi mirada se tensa mientras me giro de espaldas a la ventana y cruzo los brazos sobre el pecho.

—Hay algo que no me estás contando —puedo sentirlo, la pesadez y la incertidumbre que se cierne sobre mí. Ya sea por intuición o por simple sentido común, me está ocultando algo.

—Tienes razón, pero es por tu seguridad —dice Jace—. No puedo protegerte todo el tiempo. Así, tú y mi hijo estarán siempre a salvo.

Tengo la boca seca, reseca.

—Y ese beso de antes. ¿Qué fue eso? —pregunto.

Necesito la verdad.

¿Fue todo una actuación?

¿Soy una tonta por creer que siente algo por mí?

CAPÍTULO VEINTIUNO

JACE

Esperaba que no mencionara el beso que compartimos. No porque no fuera increíble y apasionado. Fue probablemente uno de los besos más intensos que he tenido, pero no fue real.

No es mía.

Todo fue una actuación. Y aparentemente, ambos somos buenos fingiendo.

Excepto que ella no estaba fingiendo. Ella no sabía que yo estaba actuando por impulso para salvarla. Para protegerla. Bueno, para proteger a mi hijo no nacido.

El beso encendió una chispa dentro de mí, y ahora con cada mirada a ella, mis entrañas se agitan, mi cuerpo reacciona a ella.

Tiene que ser el embarazo. Puede que esté hormonada, pero también lleva a mi hijo o hija.

Es la única explicación.

Quiero decir, claro, ella es hermosa, sexy como el demonio, y tiene un gran culo. Pero es más que eso. Hay una familiaridad entre nosotros, como si fuéramos viejos amigos. Es cómodo. Es fácil. No tengo que fingir ser otra persona cerca de ella.

Tampoco es que haya divulgado mi verdadero yo, pero por los fragmentos que le permito presenciar, nos fusionamos a la perfección.

—Jace, ¿vamos a hablar de ese beso o vamos a fingir que nunca ocurrió?

Una parte de mí quiere fingir que no ocurrió porque sería más fácil. Pero tengo que afrontar el hecho de que la besé, e incluso si fue solo un acto para protegerla, lo disfruté.

—Te besé porque no quiero que empiecen los rumores con los Caruso.

Su ceño se tensa y las comisuras de sus labios se fruncen. Hace un mohín.

Es bastante bonito.

—¿Qué tipo de rumores? —pregunta.

—Los hombres de Luka han estado observando, siguiéndonos. Suponen que estamos juntos y no quiero que se sepa que he contratado y pagado a una madre de alquiler.

—No entiendo por qué importa, pero respeto tu decisión de mantenerlo en privado —dice Olivia.

—Gracias —digo y me dirijo a la puerta. Tengo que hablar con Matteo, asegurarme de que el recinto es seguro y hacer que uno de mis hombres vuelva con las pertenencias de Olivia de mi casa.

———

Cierro la puerta de su habitación y salgo al pasillo. Matteo me está esperando.

Lo acompaño por la escalera y a la sala de guerra. Es donde se celebran todas nuestras reuniones de importancia. Hay un equipo que garantiza que no se escuche nada y que ninguna señal entre o salga de esa sala.

—No esperaba que trajeras a la chica al recinto —dice Matteo.

Cierro la puerta tras él una vez que se nos ha asignado nuestra privacidad en la sala de guerra. Hoy no estamos en guerra, pero bien podríamos estarlo. Cada día parece que hay una nueva batalla. Algunas, las ganamos, y otras, vivimos para luchar otro día.

—Nos estaban siguiendo. No podía arriesgarme a llevarla de vuelta a la casa. Además, los hombres de Caruso nos vieron comprando cosas para el bebé. Me estremezco ante mis propias palabras. Había sido descuidada. Debería haber traído varios guardias conmigo. Normalmente, tengo más de uno o dos guardaespaldas siguiéndome, vigilándome para no tener que vigilar mi espalda.

Pero me había dejado llevar por el momento, disfrutando del tiempo con Olivia, y había permitido que me llevara de compras.

Había sido mi idea. No la culpo a ella. Me culpo a mí mismo.

Matteo hace una mueca.

—¿Sabe ella quién es usted, que es don?

¿Espera que ella lo descubra mientras vive bajo mi techo en el complejo? No planeo que ella descubra la verdad. En unos meses, se habrá ido, no me molestará, y no tendré que volver a verla.

Hay una tristeza que se apodera de mis entrañas cuando pienso en el futuro y en que ella no esté conmigo.

—Claro que no —me río en voz baja. Es absurdo que Matteo piense que le voy a decir la verdad a Olivia. Sabe que se me da bien guardar secretos. A menos que sea mi familia, no confío fácilmente. Y aunque no creo que Olivia me traicione, no sé en quién podría confiar.

Llevo toda una vida aprendiendo a guardar secretos, a ocultar quién soy y que dirijo la mafia.

—Y ella no se enterará —le reitero a Matteo. No espero que divulgue nuestro pequeño secreto.

—¿Y el trabajo? Cuando empiece a aparecer, ¿podrá mantener en secreto que el niño es suyo? —pregunta Matteo.

Siempre ha tenido dudas. De su lealtad, de si estaba preparada para el trabajo. Diablos, él no creía que debía contratarla.

Me alegro de no haberle hecho caso, porque si lo hubiera hecho no habría tenido un hijo en unos meses.

—Lo tengo controlado. Tiene que preocuparse menos por mi vida personal y más por Luka Caruso y asegurarse de que esa rata se mantenga lejos del recinto y lejos de Olivia.

CAPÍTULO VEINTIDÓS

VEINTE SEMANAS *de embarazo*

Olivia

Parece que apenas veo a Jace. Está ocupado con el trabajo o preparando la nueva casa para el bebé. Ha hecho traer todo lo de la otra casa para la habitación del bebé.

Claro que compartimos una comida por la noche, y me lleva y trae del trabajo cuando está en la ciudad, pero pasar tiempo con él fuera de los negocios es muy poco en estos días.

¿Vivirá en la mansión después de que nazca el bebé, en lugar de su otra casa?

¿Por qué tener dos propiedades tan cerca? Normalmente, la segunda residencia de una persona es como una casa de vacaciones, en algún lugar lejano. Ambas propiedades están a poca distancia en coche.

Es obvio que el hombre tiene un tesoro de secretos, pero no son míos para ahondar en ellos. Respeto que no puedo ni quiero saber todo sobre él. Pero sé lo suficiente.

Es realmente una buena persona. Jace iría hasta el fin del mundo para proteger a su hijo. Y eso es suficiente para mí.

Prácticamente me contoneo al caminar. El bebé crece más rápido de lo que hubiera pensado, y juro que parezco estar embarazada de nueve meses, pero no estoy ni mucho menos preparada para dar a luz. Tal vez me sienta increíblemente cohibida por el hecho de llevar el hijo de otra persona.

Las chicas de la oficina me han preguntado cuándo voy a dar a luz, quién es el padre, todo el asunto. Evito todas las preguntas que puedo, y nunca he divulgado que es de Jace o que soy un vientre de alquiler. Tal vez debería decirles la última parte, porque ¿no querrán ver las fotos del bebé?

Eso supone que regrese de la licencia de maternidad para trabajar en la recepción. Lo cual no creo que haga.

Será mejor, un descanso limpio. Además, Jace me está pagando lo suficiente para que pueda invertir en mí misma, tal vez hacer algo que me guste para vivir en lugar de llegar a fin de mes.

Hay una galería de arte en la que me encantaría aplicar para ser curador. Además, mi sueño sería pintar y vender mis obras, pero últimamente no he pintado mucho.

Y no habría preguntas si empiezo de nuevo, una pizarra fresca.

Jace se detiene junto a mi escritorio, con una taza de café en las manos.

Respiro profundamente. Puedo oler el sabroso aroma del café. Hace semanas que no tomo cafeína. Estoy haciendo todo lo que puedo para asegurarle a Jace un bebé lo más sano posible. Me apoyo una mano en el abdomen, sintiendo un ligero aleteo.

—¿Está dando saltos mortales? —pregunta Jace, con una sonrisa irónica mientras se lleva la taza a los labios. Como si tratara de ocultar la sonrisa en su rostro. Sus ojos siguen brillando con la misma intensidad.

—Sí, en mi vejiga —digo con una risa—. Estoy a punto de salir. Tenemos una cita con el médico, y Jace ha insistido en acompañarme, lo cual está bien, ya que es una cita relacionada con la pequeña pepita que crece dentro de mí.

Apago el ordenador y me pongo de pie. Doy un paso alrededor de mi escritorio y me uno a Jace cerca del ascensor. Tiene cuidado de no tocar nada, pero para mí es obvio que hay algo entre nosotros.

Siempre que voy a algún sitio, Jace o Matteo me acompañan fuera de la oficina. Estoy segura de que los rumores corren como la pólvora, pero nadie me ha dicho nada a la cara.

Además, en unos meses, me habré ido. Todo esto quedará atrás.

El ascensor suena y Jace lo mantiene abierto, dejándome entrar primero.

Espero a que las puertas se cierren y estemos solos antes de decir lo que pienso. Tampoco necesito ofrecer ningún rumor.

—¿Quieres saber el sexo? —pregunto.

No hemos hablado de si deberíamos averiguarlo en la cita con el médico, pero la última vez que fuimos nos dijeron que debíamos pensarlo, que no teníamos que decidir nada de inmediato.

—¿Y tú? —pregunta.

Me río en voz baja y pongo los ojos en blanco. Es su hijo. No importa lo que yo quiera. Lo hago por él.

—No, esa decisión es totalmente tuya —digo, apoyando una mano en mi vientre—. Tú eres el padre.

Su lengua sale por el borde de los labios, como si estuviera pensando algo pero no hablara. No es de los que se muerden la lengua, lo que hace que me frustre aún más.

Mis hormonas me han aterrorizado, deseándolo día y noche. Es una locura, y ese simple gesto me está volviendo loca

—Pues decídete —le digo bruscamente.

Espero que dé un paso atrás, que me evite a toda costa. Pero no lo hace.

Sus ojos se arrugan con alegría.

—De acuerdo.

¿De acuerdo?

¿Eso es todo lo que tiene que decir? Interiormente, gimoteo. Pero no es tan silencioso y en mi cabeza como pensaba.

Jace levanta una ceja inquisitiva.

—¿Pasa algo?

—Sí. No. No puedo decirle que el problema es que he tenido sueños sexuales prácticamente todas las noches. Daba vueltas en la cama, me despertaba, deseando el contacto de un hombre.

Y no cualquier hombre.

Siempre es Jace.

—Es que no he dormido muy bien —digo. Él espera una respuesta.

Y me odio por ello. Aunque no quiero que lo sepa, una pequeña parte de mí, en secreto, quiere que lo descubra. Entonces, tal vez él complazca mis fantasías.

Pero sé que solo son eso y que nunca podrán ser nada más.

Él es un multimillonario. Yo solo soy una chica que tiene su hijo. Es una transacción comercial. Eso es todo. Simple y llanamente.

Excepto que no se siente así, viviendo bajo su techo. Se siente como más, y sé que está todo en mi cabeza, pero no puedo evitar la forma en que me hace sentir.

Es innegable que estoy locamente enamorada de mi jefe.

Vale, probablemente sean las hormonas las que hablan. Sin embargo, eso no niega el hecho de que sueño con Jace desnudo todos los días, con su cuerpo burlándose del mío, siempre rondando, sin satisfacerme del todo.

Es una tortura.

Y tal vez por eso estoy frustrada con él. Es la versión soñada de Jace la que me ha excitado y no me ha sacado de quicio. No es culpa del verdadero Jace. Lo sé, estoy loca. Una locura.

De nuevo, culpa de las hormonas.

Caminamos hacia el aparcamiento en silencio. Su mano se apoya en la parte baja de mi espalda mientras me acompaña a su vehículo y me abre la puerta.

Siempre un caballero.

Refunfuño en voz baja.

—¿No es cómoda la cama? —pregunta Jace—. Puedo hacer que pidan un colchón nuevo y lo traigan a tu habitación.

Cierra la puerta de golpe, se acerca al lado del conductor y arranca el motor. Jace me mira, esperando una respuesta.

Realmente no tiene ni idea. Es dulce. Más bien entrañable.

El labio inferior se me enrosca entre los dientes. Intento por todos los medios abstenerme de decir la verdad, de contarle algo que no puede dejar de oírse. Porque una vez que sale a la luz, eso es todo. No se puede deshacer. Y mi humillación será eterna y larga.

—El colchón es muy cómodo. Te prometo que no es nada con tu casa.

—¿Entonces soy yo? —pregunta.

No evita las preguntas difíciles, ¿verdad?

Exhalo un fuerte suspiro.

—¿Podemos no hablar de ello? —miro por la ventana: cualquier cosa que capte mi atención y centre la conversación en otra cosa. Y me refiero a cualquier cosa. Los zombis. El parto. Quizá no las dos cosas juntas.

Ahora mismo, me conformaría con un apocalipsis zombi para salvarme de discutir mis deseos con Jace Barone.

Pero no tengo tanta suerte.

—Solo quiero ayudar —dice Jace. Su voz es suave y tranquilizadora, calmada. Como si estuviera realmente preocupado por mi bienestar. Probablemente esté preocupado por el embarazo.

Me coge la mano y me la aprieta suavemente. El gesto es mi perdición.

—No puedes ayudar. Las hormonas son intolerables —le digo. Le miro, rezando para que entienda lo que digo sin tener que dar más detalles. ¿Podría ser esto más humillante?

—Oh —dice lentamente, como si empezara a conectar—. ¿Estás excitada?

Mis mejillas deben estar rojas porque el coche se siente cien grados más caliente. Bajaría la ventanilla, pero la última vez que lo hice, hace meses, se puso furioso. En lugar de eso, busco el termostato y ajusto la temperatura.

—Yo no lo diría así —digo. Lo hace parecer burdo. No es que esté merodeando por la ciudad en busca de un hombre. Diablos, ni siquiera he comprado un vibrador para satisfacer mis deseos. Tal vez debería. Eso al menos me ayudaría a dormir. Pero me preocupa que los hombres de la casa, los guardias, puedan oírme.

Se hace un silencio. No sé si no sabe qué decir o si ha decidido que es mejor no hablar más. Después de todo, es mi jefe.

———

—Olivia, ¿cómo estás? —me pregunta la doctora Morgan.

Estoy situada en la incómoda cama beige de la sala de exploración, con el papel crujiente metido entre el cuero falso y yo.

—Bien —digo.

Jace se pone a mi lado, ansioso por la ecografía.

—Estoy segura de que deben estar emocionados por ver al bebé. ¿Quieren saber el sexo? —la doctora Morgan pregunta. Apenas mira mi historial. En su lugar, su atención está en la preparación del equipo. Me echa un buen chorro de gelatina en el vientre.

Al principio, hace frío, pero el malestar desaparece rápidamente. Bueno, la mayor parte del malestar. He tenido que beber una tonelada de agua antes de la cita y mi vejiga está a punto de reventar.

¿Es una prueba de embarazo cruel? ¿Ver cuánto tiempo puede aguantar una embarazada su vejiga antes de explotar?

—Sí, nos gustaría saber el sexo —dice Jace.

La doctora mueve la varilla de la ecografía por mi

abdomen, haciendo que la pequeña pepita aparezca en la pantalla.

—¿Cómo te has sentido? —pregunta la doctora Morgan.

—Ha tenido problemas para dormir —dice Jace, respondiendo por mí.

Lo miro con extrañeza. No necesita hablar por mí.

—Eso no es raro. En todo caso, más adelante en su embarazo, le resultará más difícil estar cómoda. ¿Y tus hormonas? ¿Has notado algún cambio en tu deseo sexual?

Me quiero morir.

¿Es posible que el médico deje de hablar? No respondo, y Jace se encarga de responder por mí.

—Últimamente parece malhumorada —dice Jace—. Mencionó que estaba excitada.

—¡Esas fueron sus palabras! No mías —no puedo creer su descaro. ¡Podría matarlo!

La doctora sonríe amablemente mientras continúa con la ecografía, ajena a mi humillación. O tal vez está acostumbrada a que las parejas discutan durante las citas.

—Es completamente normal y bastante común tener un mayor deseo sexual durante el embarazo. Es sano y natural tener relaciones sexuales durante el embarazo, y hay un montón de posiciones con las que se puede experimentar para asegurarse de que la madre está cómoda.

Juro que me muero de vergüenza, y Jace no dice nada.

Sonríe y asiente, como si estuviera escuchando, prácticamente tomando notas. ¿Está disfrutando de esta clase de humillación dirigida a mí? No parece avergonzado ni incómodo.

¿Cómo es posible?

Más tarde voy a matarlo.

El ritmo constante de un latido del corazón pulsa a través del altavoz interno.

—Ella tiene un fuerte latido —dice el doctor.

—¿Ella? —susurra Jace mientras sus ojos se iluminan.

—Sí, así es. Parece que van a tener una niña. Felicidades.

Una enorme sonrisa se extiende por la cara de Jace. Quiero borrarle la sonrisa de los labios por humillarme con el médico, pero está feliz y tampoco quiero quitarle ese momento.

—Una chica —susurro, sonriendo débilmente. Me alegro de verdad por él.

Y por lo que parece, él también está emocionado.

———

—¿Puedes creer que es una niña? —pregunta Jace mientras me acompaña de vuelta al coche.

—Bueno, fue un cincuenta por ciento —digo con una sonrisa.

Sentado junto a Jace, hay una calma que envuelve el coche. El silencio.

Se hace tarde, y en lugar de volver al trabajo, nos dirige de nuevo hacia su mansión en la ciudad. Me he acostumbrado a la nueva casa. Es más espaciosa, aunque no necesito mucho espacio. El jardín es precioso cuando el tiempo coopera, y siempre hay alguien cerca. Nunca me siento sola, ni siquiera cuando Jace trabaja hasta tarde.

Aunque la mayoría de los guardias no son demasiado amables, Markus siempre está a mi lado, acompañándome en los paseos siempre que me alejo de la mansión.

Aunque Markus es tranquilo, no me ignora. Si le hablo, me responde. A diferencia de Matteo y Vincent, que pasan más tiempo mirando al olvido, asegurándose de que no nos siguen.

¿Tanta gente persigue a los multimillonarios?

¿Robó Jace sus planos o algo así para crear su empresa? Juro que hay un secreto mayor, pero no consigo descubrirlo, y fisgonear en la oficina o en la mansión no es una opción.

Ya me han pillado una vez, y no estaba segura de que Jace volviera a confiar en mí. Y no puedo simplemente salir y preguntarle. No me hablaría de un secreto como ese a menos que lo liquide. Tentador, pero poco realista. Rara vez lo veo beber.

—¿Podemos parar de camino a casa para tomar un helado? —le pregunto. Sugerir un bar es imposible. Pero quiero salir, celebrar la buena noticia.

—¿No te estropeará eso la cena? —pregunta Jace.

Ya suena como un padre.

—No, estoy comiendo por dos —digo. En caso de que se haya olvidado. Dudo que lo haya hecho. Mi vientre ya está creciendo, y he estado de mal humor últimamente—. Satisface los antojos de una mujer embarazada.

Jace levanta una ceja.

Mierda.

No me refería al sexo. Bueno, claro, estaría de acuerdo con que se rascara ese antojo, pero no espero que lo lleve a cabo.

—¿De qué antojos estamos hablando? —pregunta Jace con una sonrisa.

Le encanta torturarme.

CAPÍTULO VEINTITRÉS

JACE

Odio admitir que me gusta la coqueta Olivia.

Hay algo primitivo en ella llevando a mi hija, con un aspecto sensual y seductor. Incluso cuando no intenta ser sexy, es irresistible.

Olivia no me responde cuando le pregunto qué antojos quiere que satisfaga. He tratado de ir con cuidado. Lo último que quiero es que me ponga una demanda por acoso sexual.

Quiere que me detenga a tomar un helado, pero ya se está acercando la hora de la cena. Tengo un poco de hambre para cenar, e imagino que ella también.

—El helado es después de la cena —le recuerdo—. Puedo decirle a Markus o a Vincent que vayan después de comer para traerte el sabor de helado que te apetezca.

Olivia refunfuña en voz baja.

No parece nada satisfecha ni contenta con mi sugerencia. Pensé que después de un largo día de trabajo y de visita al médico, querría descansar y relajarse.

—Podemos ver una película juntos después de la cena —sugiero. Quiero que se relaje, y si no está durmiendo, sea cual sea la causa, no se está cuidando.

—Prométeme que no será una película de hombres.

—¿Qué es una película de hombres?

—Sangre, tripas, gore. Acción sin argumento.

—Me gustaría pensar que las películas que elijo tienen un argumento —digo. Pero ella no se equivoca sobre mi selección típica—. Podemos ver lo que quieras, aunque sea una película de chicas.

Ella frunce la nariz de la forma más entrañable.

—¿Y pedirás que te traigan helado derretido?

Me acerco a la casa y el guardia de la entrada abre el portón. Le hago una breve inclinación de cabeza y un gesto de agradecimiento.

—No se va a derretir. Fuera hace mucho frío —respondo.

—Bueno, el coche estará caliente.

Es como si intentara buscar un fallo en todo lo que sugiero. Exhalo un fuerte suspiro. Traerla aquí fue mi idea. Tenerla viviendo bajo mi techo.

—Si quieres que te lleve después de la cena a tomar un helado, lo haré.

—Gracias. Su sonrisa ilumina el coche.

Juro que es como tratar con una niña. ¿Esto es lo que me espera cuando nazca mi hija? Por supuesto, no comerá helado de inmediato, pero la necesidad y la atención constantes.

Me quejo.

Esto es exactamente para lo que firmé, ¿no?

———

Después de la cena, Olivia y yo nos dirigimos al coche. Con el sol poniéndose, ella coge un abrigo más pesado, pero los botones no se aseguran. Se le queda pequeño con su redonda barriga de embarazada.

—¿Seguro que no puedo convencerte de que te quedes en casa y pidamos el postre? —no me importa salir al frío. Pero ella no está vestida adecuadamente para el clima.

—No hay posibilidad de eso. Tus guardias traerán helados de la tienda de comestibles. Quiero el bueno, en el que se machacan los brownies y se mezclan delante de ti.

Bueno, al menos no tiene antojo de pepinillos en su helado. El brownie triturado suena bastante bien.

Cojo un gorro extra del armario y se lo pongo en la cabeza, asegurándome de que esté calentita.

Saca un par de guantes del bolsillo y se los pone en las manos. Por lo menos aún le quedan bien.

Salimos al frío. El coche ya está calentado y en marcha, gracias a que Markus ha arrancado el motor.

En cuestión de minutos, aparco el coche y salgo para ayudar a Olivia a salir del vehículo.

—¿No hay guardaespaldas? —pregunta—. ¿Cómo es que yo siempre necesito un guardaespaldas y tú nunca?

No es cierto que nunca me acompañe un guardaespaldas, pero también estoy muy capacitado y entrenado para manejar situaciones. Hay veces que hago que los hombres me acompañen a los sitios, sobre todo cuando se han hecho arreglos por adelantado y alguien puede estar al tanto de mi agenda. Pero en visitas improvisadas, como a la heladería, es poco probable que nos sigan.

—No soy yo quien tiene a Luka Caruso amenazándome —digo.

Eso no es del todo cierto, pero debería ser suficiente respuesta para evitar que haga más preguntas.

—Pensé que habías dicho que no me molestaría más —bromea. No se equivoca, eso es lo que le aseguré, pero no fue porque me deshiciera del hombre. Si fuera tan sencillo, le habría metido una bala en la cabeza hace una década.

—No te molestará porque tienes un guardaespaldas en todos los sitios a los que vas —digo con una sonrisa socarrona. Abro la puerta de la heladería y la acompaño al interior del edificio.

El interior de la tienda es cómodo, el calor es intenso, y me quito los guantes y el gorro mientras Olivia hace lo mismo.

Se apresura a acercarse al mostrador y hace su pedido. Yo la sigo, elijo mi combinado y pago al dependiente. Tomamos asiento en la mesa del fondo. El local está relativamente vacío, aunque no me sorprende por el tiempo que hace. Me sorprende más que esté abierto.

Al tomar un bocado de su helado, frunce la nariz. El gesto es bastante adorable.

—¿Cerebro congelado?

—Eso parece —dice riendo y sacudiendo la cabeza—. El bebé está dando patadas. ¿Quieres sentirlo?

Antes de que me dé tiempo a responder, me coge la mano y la coloca sobre su vientre.

—¿Puedes sentirlo? —pregunta.

No estoy seguro de lo que se supone que debo sentir. Su abrigo está desabrochado, pero todavía tiene muchas capas puestas.

Olivia debe sentir mi frustración porque mueve mi mano y la aprieta más, cubriendo mi mano con la suya. Siento un ligero aleteo contra mi palma. Es leve, apenas perceptible.

Casi me pregunto si me lo imagino, salvo que ella se ríe y sonríe.

—Vaya.

—Lo sé, ¿verdad? Se notará más cuando empiece a dar saltos mortales y a hacer gimnasia, que es lo que hizo mi hijo en el último trimestre. El niño apenas me dejaba dormir.

—¿Peor que ahora? —pregunto.

Olivia me clava la mirada.

—No es el bebé el que me quita el sueño.

———

Después del postre, volvemos al recinto. Nos quitamos las chaquetas, los gorros, los guantes y los zapatos. Probablemente sea exagerado. He vivido en climas más fríos, pero no quiero arriesgarme a que Olivia se resfríe estando embarazada.

Acompaño a Olivia a su habitación. Es su santuario privado, con una televisión, una cama, un caballete, e incluso se ha traído una mini nevera para que no tenga que vagar por el recinto.

Eso lo hice yo. Es mejor que no vea lo que está pasando delante de ella.

Y quiero que sea feliz. Me dijo que le gustaba pintar, así que me aseguré de comprarle un caballete y de entregarle materiales semanalmente en su habitación.

Con el invierno a punto de llegar, hay pocas razones para que se aventure al jardín, lo que significa que su habitación es donde pasa la mayor parte del tiempo.

Mientras tomábamos el postre, le envié un mensaje a Vincent para que le trajeran una camilla de masaje a su habitación, pero que se asegurara de que estaba equipada para una mujer embarazada.

Olivia necesita relajarse y tal vez yo pueda ayudarla a calmarse.

—¿Qué pasa? —me pregunta mientras la sigo hacia arriba. Normalmente, le doy espacio e intimidad en el recinto.

—Tengo una sorpresa para ti —le digo.

—¿Terminaste de armar la guardería? —pregunta Olivia. Intenta adivinar con qué podría sorprenderla, aunque no estoy seguro de por qué la guardería sería una sorpresa para ella.

No doy ninguna indicación de lo que tengo planeado.

—Hace unas semanas. Adivina otra vez —digo.

—¿Noche de cine?

Es una buena suposición, teniendo en cuenta que habíamos hablado de ver una película para desconectar esa noche.

—Esa no es la sorpresa, pero podemos tener una noche de cine después de la sorpresa si todavía estás despierta.

—Me rindo —ella abre la puerta de su dormitorio. Una mesa de masaje está situada en el centro de la habitación, frente a su cama—. ¿Qué tenemos aquí?

—me mira por encima del hombro—. ¿Me has contratado una masajista privada?

¿Se sentirá decepcionada cuando descubra que he planeado darle un masaje personal? Quizá debería haber contratado a alguien para que no se considerara inapropiado.

Que me jodan.

Me mira fijamente con ese brillo seductor en sus preciosos ojos azules, esperando mi respuesta.

—Iba a darte ese masaje privado. A menos que te sientas incómoda y pueda pedirle a uno de mis hombres...

—¡No! —suelta antes de que pueda terminar la frase. No estoy seguro de si pensó que iba a sugerirle a uno de los otros hombres que mirara o que le diera un masaje. No hay mucha diferencia.

Intento no reírme de su arrebato.

—¿Qué tal si vas al baño y te desnudas? Hay una bata colgada detrás de la puerta para que te cambies.

—Has pensado en todo —dice Olivia mientras entra en el baño.

Me quito la chaqueta y me aflojo la corbata. Todavía hace calor en su habitación. Me desabrocho algunos botones de la camisa de vestir. Quiero ponerme algo más informal, pero me da pereza cruzar el pasillo. También me preocupa que, si salgo de la habitación, Olivia cambie de opinión.

Estoy encantado con la perspectiva de darle un masaje y tocarla. No debería estar tan excitada, pero está embarazada de mi hijo. Hay algo emocionante y escandaloso en el hecho de que sea mi empleada, y todo lo que estamos haciendo se ha mantenido en secreto.

¿Cuánto tiempo más podremos mantener este secreto ante el mundo? Los medios de comunicación acosarán mi oficina muy pronto.

La puerta hace un clic y Olivia sale lentamente, con la bata blanca de felpa puesta alrededor de ella. La sujeta para evitar que la vea. Es grande y se supone que es de maternidad, pero no sabía exactamente qué talla comprar para ella.

—¿Dónde me quieres? —me pregunta. Hay una sonrisa de satisfacción en su cara, como si intentara coquetear conmigo, pero al mismo tiempo fuera cautelosa. Podría excusar fácilmente su comentario como inocente si fuera necesario.

—En la cama, la cama de los masajes —aclaro y me carraspeo la garganta.

¿Qué me pasa?

Ah, sí, mi miembro se pone duro solo con verla en bata. ¿Qué tan patético es eso? No es que Olivia no sea sexy, porque lo es, pero no muestra ni un centímetro de piel.

No debería ser tan reactivo a su casi desnudez. Por supuesto, no ayuda que haya sido célibe durante meses desde que se mudó conmigo. Un hombre tiene necesidades, y las mías no están siendo satisfechas.

Las duchas largas y frías no le hacen justicia.

La quiero.

Pero no cruzaré esa línea sin su consentimiento, e incluso con ella, no quiero arruinar lo que tenemos. Es perfecto. Ella lleva a mi hija.

Si lo arruino, no sé cómo reaccionará o qué hará.

Está embarazada, y aunque reconozco que no es frágil, es hormonal. No quiero ser la causa de una Olivia Summers muy cabreada.

—¿Tienes una sábana o algo con lo que pueda taparme? —pregunta Olivia.

Su inocencia es dulce y bastante entrañable.

Me cuesta mucho no abalanzarme sobre ella.

—Sí —digo, y recupero una sábana blanca de algodón que estaba doblada en la mesa auxiliar con los aceites de masaje.

—¿Quieres darte la vuelta? —me hace un gesto con el dedo para que me gire y mire en dirección contraria.

Me doy la vuelta para mirar hacia la puerta, dándole a Olivia su privacidad mientras se desviste. Se oye el suave golpe de la tela contra el suelo y el crujido de la sábana mientras se cubre.

—¿Cómo se supone que me voy a tumbar en esta mesa? —pregunta.

—De lado —le sugiero—. Tengo unas almohadas especiales que podemos usar para que estés cómoda. Espero a que se dé la vuelta—. ¿Quieres que te las coja?

Oigo el suave crujido de la cama de masaje y el empuje de las sábanas cuando Olivia se sube a la mesa de masaje.

—Vale, estoy bien, decente. Quiero decir, estoy desnuda, pero puedes darte la vuelta.

Suena nerviosa.

No puedo ocultar la amplia sonrisa de mi cara, aunque quisiera.

—A mí me pareces bastante decente. Está tumbada en la mesa de lado, con la sábana cubriendo su cuerpo.

Alcanzo una almohada y se la ofrezco para que se ponga más cómoda.

—Gracias —dice ella—. ¿Tienes otra almohada para mi cabeza?

—¿Piensas echarte una siesta? —le digo en tono de broma. Cojo una almohada de la cama y se la acerco, ayudándola a ponerse cómoda—. ¿Estás mejor?

—Mucho.

Doy un paso alrededor de la mesa de masaje para situarme detrás de ella.

—Perdona si tengo las manos frías —le advierto antes de rozar su piel con el más ligero de los toques.

Mis dedos acarician sus hombros, y ella se desliza hacia la almohada, sosteniéndola contra su pecho mientras desliza la sábana por su espalda, dejándome echar un vistazo más íntimo a su espalda y a la curva que precede a su perfecto trasero.

Esto debería estar prohibido, dar un masaje de cuerpo entero a su empleada.

Su piel es de porcelana y cremosa, salpicada de una pizca de pecas que hace juego con su nariz.

Exprimo una generosa cantidad de aceite de masaje en mis manos y las froto antes de dejar que mis manos trabajen en sus hombros y espalda.

Un suave y sutil suspiro de satisfacción sale de sus labios.

—¿Está bien? ¿Es demasiada presión? —pregunto, queriendo que disfrute del masaje y no sienta que la estoy lastimando.

Suena un leve gemido mientras se mueve sutilmente en la camilla. Supongo que está intentando ponerse cómoda.

—No, estás bien. Está bien —dice mientras abraza la almohada contra su pecho, ocultando sus pechos a mi vista.

Lo que daría por ser esa almohada acurrucada contra su cuerpo, abrazando sus curvas.

Sin embargo, se supone que esto tiene que ver con ella, no con mis necesidades. Puede que yo necesite echar un polvo, pero Olivia necesita dormir. Y que yo esté empalmado mientras la masajeo no nos va a hacer ningún bien a ninguno de los dos.

Por suerte, ella está mirando en la dirección opuesta.

—Espero que esto te ayude a relajarte —digo mientras le masajeo los hombros y la espalda.

Su cuerpo parece relajarse bajo mi contacto, y la tensión que sentí al principio se disipa. No sé si se trata de los nervios que le produce el masaje o si la ayuda a relajarse.

Olivia murmura algo ininteligible en la almohada mientras la aprieta contra su pecho.

—¿Qué pasa?

—Me siento como si hubiera muerto y hubiera ido al cielo. Tus manos son increíbles —dice.

Quiero mostrarle lo increíble que puedo hacerla sentir, pero ella tiene que decirme que soy lo que quiere. No cruzaré esa línea sin su permiso explícito.

Mi toque es ligero y suave, rozando su cuello mientras le recojo el pelo y se lo sujeto a la cabeza con una mano. La otra mano le acaricia la mandíbula.

—Me han dicho que sí —bromeo. Quiero besarla, pero no lo hago. No es por miedo. No tengo mucho miedo. Es una cuestión de respeto.

Se tumba de espaldas, agarrando la almohada, ocultándose de mí. Sus largas pestañas se agitan mientras me mira fijamente. Sus mejillas están sonrosadas, sus ojos son azules y oscuros.

—No te rías.

—¿De qué? —¿por qué iba a reírme?

—No puedo soportar más las hormonas. Si no te acuestas conmigo, necesito un vibrador, o quiero que uno de tus hombres venga a mi cama. Te juro que estoy a punto de tocarme delante de ti solo para ver si me das el verdadero alivio que necesito con este masaje.

Prometí que no me reiría. Pero la sonrisa en mi cara es enorme. Amplia.

—Quiero besarte. Quiero besarte desde que nos conocimos —confieso. Me inclino más cerca, mis labios aún no rozan los de Olivia—. Pero no quería obligarte a hacer nada conmigo, nunca.

Nunca se trató de no quererla. Se trataba de respeto, de darle el poder de tomar esa decisión.

Olivia se inclina hacia el beso, y mis dedos se deslizan por su pelo, atrayéndola más cerca, con los labios cada vez más apretados.

Sus labios se separan y su lengua busca ansiosamente en mi boca, llena de deseo y necesidad. Ella es fuego, y yo soy el carbón que aviva sus llamas.

—No te acostarás con ninguno de mis hombres —le digo. Y lo digo en serio. Ella está fuera de los límites para ellos. Si alguno de ellos se acerca a ella para satisfacer sus ansias sexuales, lo mataré.

—¿Significa eso que puedo acostarme contigo? —pregunta Olivia con una sonrisa socarrona.

Mis dedos se introducen bajo la sencilla sábana de algodón y sus piernas se abren al instante para mí. Mi mano es cálida y firme, deslizándose por su muslo, burlándose de ella.

—Solo si eso es lo que quieres —digo.

Puedo satisfacerla fácilmente sin que los dos follemos.

Sus piernas se separan y se lleva el labio inferior entre los dientes. ¿Está nerviosa?

No deberíamos hacer esto, al menos no en la mesa de masaje.

La mujer que lleva a mi hija se merece una buena experiencia, ser penetrada y adorada. No ser follada torpemente en la mesa de masajes solo para que se excite.

Mis dedos rozan sus dulces labios antes de apartarse.

Olivia gime en señal de protesta.

—Oh, aún no hemos terminado, cariño. Solo quiero asegurarme de que disfrutas plenamente de la experiencia. La ayudo a bajarse de la mesa.

—¿Dónde va...? —sus palabras se cortan cuando la guío hasta el colchón y la inclino hacia delante sobre la cama—. Oh —jadea. La manta cae alrededor de sus pies en el suelo.

Es impresionantemente bella con su vientre y sus pechos hinchados. Me acerco a ella por detrás, con una mano acariciando su pecho y la otra hundiéndose entre sus muslos.

Olivia jadea y respira profundamente, inclinándose hacia delante sobre el colchón con los brazos, lo que me permite ver perfectamente su culo. Quiero desabrocharme los pantalones y follármela, pero eso no es lo que voy a hacer.

No.

Quiero que su primera experiencia estando embarazada sea totalmente sobre ella, para su disfrute.

—Dime qué te gusta —le susurro en el cuello. Dejo caer suaves besos de mariposa sobre su piel—. Has tenido sueños sexuales. Háblame de ellos.

Su respiración es áspera y entrecortada cuando intenta hablar. Estoy pegado a ella, con una mano apretando y acariciando su pecho, acariciando su pezón mientras sus caderas se balancean contra las mías.

Mi otra mano acaricia su humedad, acariciando su perla mientras ella empieza a estremecerse entre mis brazos. Apenas la he tocado. Ni siquiera he usado toda la longitud de mis dedos, y ella tiembla y gime mientras habla.

—Siempre eres tú —dice.

Aprieto mis dedos, presionando cada vez más su clítoris mientras ella gime y jadea, con sus caderas moviéndose contra mí. Deslizo dos dedos en su estrechez y enrosco mis dedos con cada empuje.

—Oh, Dios —jadea Olivia, apretando con una mano las sábanas de la cama y con la otra tratando de tocarme.

Me inclino hacia delante, cubriéndola, tocándola, sintiendo su cuerpo contra el mío.

—Córrete para mí —le susurro al oído, chupando el lóbulo mientras continúo con mis ministraciones en su cuerpo.

Sus entrañas se estrechan y sufren espasmos, la primera oleada de un orgasmo sale a la superficie.

No me detengo, quiero que aguante el orgasmo mientras las pequeñas ondas recorren su cuerpo.

Jadea y jadea, intentando recuperar el aliento.

—Ha sido... —ronca, mirándome por encima del hombro.

—Increíble —respondo por ella.

CAPÍTULO VEINTICUATRO

TREINTA Y CUATRO *semanas de embarazo*

Olivia

Hace cuatro días que no veo a Jace. Ha estado fuera por negocios, insistiendo en viajar al extranjero ahora para ultimar todos los detalles de su fusión antes de que nazca el bebé.

No entiendo por qué tiene que esperar a que yo esté embarazada de treinta y cuatro semanas.

Jace jura que ha adelantado el acuerdo y que será un viaje corto a Italia.

Lo que daría por viajar a Europa. Bueno, no en mi estado actual, con los tobillos hinchados, una enorme barriga de embarazada y mi vejiga constantemente aplastada por la pequeña gimnasta que llevo dentro.

He cogido la baja por maternidad un poco antes de tiempo. Aunque los médicos no han insistido en el reposo en cama, me han recomendado que me lo tome con calma. Y a instancias de Jace, he recogido mi escritorio, lo que me deja mucho tiempo libre en la casa.

Bajo las escaleras. Afuera hace mucho viento, pero quiero tomar un poco de sol y aire fresco.

—¿A dónde vas? —pregunta Matteo.

No acompañó a Jace en el viaje a Italia, pero habla con él todos los días, informando constantemente de mi estado. Jace podría llamarme, pero no lo hace.

—Fuera, a dar un paseo —me subo la cremallera de la parka, que es enorme y mullida. Da mucho calor y será un desperdicio de abrigo decente cuando ya no esté embarazada.

—Hace mucho frío fuera, y tú estás embarazada.

Me burlo.

—Es Los Ángeles, no la Antártida. Además, el médico ha dicho que el aire fresco y los paseos son buenos para mí. No puedes tenerme encerrada en este lugar solo porque estoy embarazada.

Matteo refunfuña en voz baja.

—¡Markus! —le grita al guardia más joven.

Markus se apresura hacia nosotros desde el fondo del pasillo.

—¿Sí, señor?

—Acompaña a Olivia en su paseo vespertino. Vuelve antes de que se ponga el sol —dice Matteo mientras mira su elegante reloj.

Matteo se apresura a doblar la esquina y entrar en una oficina cercana, dejándome a solas con Markus. Me parece bien. Es mucho más fácil tratar con él si tengo que llevar un guardia conmigo.

—¿Me ayudas con mis zapatos? —llegar a mis pies es problemático con mi vientre redondo y embarazado en el camino.

Markus no se opone. Se apresura a ofrecerme un asiento en el banco cercano a la puerta. En pocos minutos, me pone los zapatos y me ayuda a ponerme de pie.

—Gracias —le digo. Cojo el gorro del bolsillo de la chaqueta y me lo pongo antes de meter las manos en los guantes.

Markus lleva poco más que un abrigo negro y botas. No hay gorro ni guantes. ¿Intenta demostrar que no necesita esas cosas?

—¿A dónde nos dirigimos? —pregunta Markus mientras me acompaña fuera—. ¿Tu ruta habitual?

No hay muchas formas de recorrer el barrio. Una vez pasadas las puertas, el camino va hacia el este y el oeste. Después de media milla, hay otra calle que se conecta y ofrece un camino diferente.

No estoy segura de cuánto puedo caminar con la pequeña presionando mi vejiga, pero quiero ver la luz del sol antes de que oscurezca. Odio lo oscuro que se pone a primera hora del día. Detesto el invierno.

Sin embargo, después de estar encerrada en la

mansión y sin muchos lugares a los que ir, el exterior se ve cada vez mejor.

Los guardias abren las puertas de hierro forjado y pasamos. Markus me mira los pies.

—Vas a necesitar botas de invierno. No puedo creer que Jace no haya insistido en comprarte un par. Esos zapatos no abrigan lo más mínimo.

—No los has probado —digo—. Están forrados de piel y son cómodos. Son cortos para la nieve y se parecen a unos zuecos que no son especialmente útiles cuando está mojado el exterior.

Markus hace una mueca.

—Mierda.

—¿Qué pasa? —pregunto mientras nos dirigimos justo al lado de la mansión.

—Me he dejado el teléfono en la casa. Tengo que volver y cogerlo antes de ir más lejos —dice Markus.

—Vuelve tú. Yo no voy a adelantarme tanto —digo y apoyo una mano en mi barriga. Me cuesta mucho más caminar que antes. Estar embarazada es bastante agotador, no es que no me guste, pero es más difícil moverse que hace unas semanas.

Markus refunfuña en voz baja.

—Al jefe no le va a gustar —dice.

—Jace no tiene por qué saberlo. Me quedaré en esta calle y caminaré unas cuantas casas más abajo. Podrás alcanzarme.

Markus aprieta los labios.

—Bien, pero no se desvíe de la carretera principal.

—¿Cuándo lo hago? —le pregunto, lanzándole una mirada mordaz.

Vuelve a trotar hasta la puerta y corre por el césped hacia la entrada principal.

Continúo caminando por el camino. Es agradable tener unos minutos de paz y tranquilidad fuera para mí. Parece que hace una eternidad que no me dejan sola, sin vigilancia.

El silencio y la tranquilidad se interrumpen.

Una furgoneta blanca se detiene a mi lado mientras camino, la puerta trasera se abre y dos hombres saltan y me obligan a entrar a punta de pistola.

—¡Entra! —grita uno de los hombres armados. Va vestido de negro, excepto la cara. No lo reconozco, y no parece importarle que vea quién me está secuestrando.

Eso no presagia nada bueno. Si no le importa, ¿piensa matarme?

¿Tal vez quiere tenerme como rehén para pedir un rescate? Si saben que estoy conectada con Jace Barone, que llevo a su hija, entonces es posible que solo quieran un día de pago.

Miro hacia atrás por encima de mi hombro. La casa está fuera de la vista desde la curva de la carretera. Todavía no hay rastro de Markus.

—¿Quiénes son ustedes? —trato de entretenerme.

El hombre me golpea con una pistola en la cara.

—¡Sube! —su rugido es ensordecedor.

Me limpio la sangre de la frente y subo al vehículo, dejando caer intencionadamente uno de mis guantes de cuero para que lo encuentre Markus. Con suerte, la sangre manchada les dará una pista de que estoy en peligro.

CAPÍTULO VEINTICINCO

OLIVIA

—¿Qué quieren de mí? —pregunto.

Los dos hombres de la parte trasera de la furgoneta no responden a mi pregunta. Me obligan a juntar las manos delante de mí y las atan con cinta adhesiva.

—¡Silencio! —me ordenan y me amenazan con taparme los labios.

Accedo a su silencio. Al menos por ahora.

No puedo ver a dónde me llevan. La carretera está llena de baches y el viaje parece largo, pero no tengo ni idea de cuánto tiempo ha pasado.

Al final, la furgoneta se detiene bruscamente y me sacan por la puerta lateral y me llevan a un gran edificio en el que hay hombres de guardia con armas semiautomáticas en la mano.

¿Qué es este lugar?

No pregunto. Sé que es mejor no montar una escena ahora mismo. Haga lo que haga, debo proteger a la hija de Jace. Ella es la prioridad.

Luka Caruso está de pie en el fondo de la sala, con los brazos cruzados sobre el pecho.

—¿Qué tenemos aquí? —su sonrisa es siniestra y me produce un escalofrío.

—Luka —ronco. Una pequeña parte de mí había deseado que cuando Jace se hubiera ocupado del problema de Luka Caruso, este estuviera muerto.

¿Pero a quién quería engañar?

Jace no es un asesino. Y parece que pagarle al hombre no ayudó.

—Bienvenida a casa, Olivia —me agarra del brazo y me acompaña con fuerza por las escaleras.

Está poco iluminada, con escalones de cemento, y cuando rozo el rellano inferior, hay varias celdas de la prisión.

—¿Qué es este lugar? —susurro.

—Donde te vas a quedar —dice Luka y abre la puerta de la celda. Cruje al abrirla y me empuja al interior—. Las manos —me ordena, y le muestro la cinta adhesiva que me rodea las muñecas y las une.

Saca una navaja del bolsillo de su pantalón y corta el adhesivo, separando mis muñecas.

—Si me estás reteniendo para pedir un rescate, deberías saber que Jace está fuera de la ciudad.

No quiero quedarme sola en esta fría y húmeda celda. Sin embargo, tampoco quiero que me encasqueten a Luka Caruso.

Quiero volver a casa, a la cálida mansión y a mi cómoda cama.

Hay un catre en un rincón y una sábana pegada. No debería haber dejado que Markus volviera a la casa sin mí. ¿Trabaja para Don Caruso?

¿Fue una coincidencia que me dejaran sola o Markus tuvo algo que ver?

—¿Rescate? —Luka se ríe y se burla de la sugerencia —. No necesito su sucio dinero. Sé que el alojamiento no es lo que estás acostumbrada, pero estarás segura aquí.

—¿Segura? —¿De qué estaba hablando? —¡Tus hombres me han secuestrado! No estoy nada segura contigo —gruño y me lanzo contra él, pero da un paso atrás. Es más rápido que yo y cierra de golpe la puerta de la prisión.

El metal hace ruido y yo atravieso los brazos, intentando agarrarme a él, pero es demasiado rápido.

—Yo no soy el monstruo, Olivia. Tu precioso novio, el padre de tu hijo, está con la mafia.

Doy un paso atrás en la celda, sacudiendo la cabeza con incredulidad.

—No, estás mintiendo.

No le creo. Jace se ha portado bien conmigo y con sus empleados. Es imposible que esté con la mafia. No es un mafioso. Él nunca haría daño a nadie.

—Tengo pruebas —dice—. Quédate ahí. Luka guiña un ojo mientras se dirige a las escaleras.

El miedo se apodera de mí. La incertidumbre flota en el aire, acercándose, arremolinándose a mi alrededor como una densa niebla. Aunque no quiero estar cerca de ese hombre, el hecho de que se vaya me asusta aún más.

¿Y si no vuelve? ¿Y si Luka me deja aquí para que me pudra en esta celda?

Grito, no por el horror de la situación, sino por una contracción que me recorre el cuerpo, haciendo aflorar el dolor.

—Ahora no —le recrimino a mi hija no nacida, gritando de agonía.

No puede venir ahora.

Como si yo tuviera algo que decir al respecto.

Luka se da la vuelta, percibiendo mi malestar al tener una mano agarrada a los barrotes metálicos y la otra en el abdomen. Estoy encorvada hacia delante, con una mueca de dolor por el inicio de las contracciones.

Son intensas. No son nada suaves ni están muy separadas.

¿Qué demonios está pasando?

—Más vale que no estés fingiendo —dice Luka mientras se dirige de nuevo a la celda.

Estoy cubierta de sudor.

—¿Parece que estoy fingiendo? —me chasquea la lengua. La ira resuena en mi interior. La culpa es suya, por traerme aquí contra mi voluntad—. Si le pasa algo al bebé que llevo dentro, te mataré.

Los ojos de Luka se arrugan con alegría.

—¿Crees que estoy aquí para hacerte daño a ti o a tu hijo? Te equivocas. Estamos aquí para salvarte.

No le creo. Me tiene encerrada en una celda.

Desbloquea la puerta y grita a sus hombres que bajen de inmediato a toda prisa.

Los pies golpean el cemento y mis ojos se cierran de golpe, agarrando los barrotes metálicos de la jaula mientras otra contracción me atraviesa.

Se siente como un infierno.

Rompo fuente.

Por si no estaba cien por cien segura de que estaba de parto, es obvio que el bebé viene, lo quiera o no.

—Llama a la doctora Morgan —grita Luka a uno de sus hombres.

¿Cómo conoce a mi médico? ¿También trabaja para la familia Caruso? ¿Es parte de la mafia?

—Seré rápido —dice Luka, revoloteando a mi lado mientras abre la celda de la prisión.

Quiero luchar contra él, correr y escapar, pero el bebé está llegando. Lo que yo quiera no importa.

—Como he dicho, estamos aquí para ayudarte. Aunque no sea una decisión desinteresada, pero debes saber la verdad. Escúchala de mí. Sonríe, y todo lo que quiero hacer es borrar esa sonrisa petulante de su cara.

—¿Oír qué? —grito.

El dolor aparece y desaparece en breves ráfagas, olas como el océano que se estrellan en la costa, una tras otra.

—Tu novio, el padre de tu hijo, Jace, es un asesino. Asesinó a mi padre y es el responsable del incendio que se llevó a tu hijo y a tu marido.

Mentiras.

No puede ser verdad.

—¿Cómo? —es la única palabra que puedo gemir entre contracciones. No quiero creerle porque si es verdad, entonces todo lo que he estado haciendo ha sido por razones equivocadas.

—Tenía mala información —dice Luka. Sus ojos se clavan en los míos—. Mató a mi padre la misma noche que murió tu familia. En un incendio. Resulta que nuestras direcciones están invertidas.

—No —no quiero creerle.

Se retracta respecto a la dirección, y yo jadeo, cayendo hacia delante, con el dolor desgarrándome, abrasador y caliente.

No importa que no esté preparada, que Jace esté en otro continente y que me haya adelantado seis semanas.

El bebé está en camino.

CAPÍTULO VEINTISÉIS

JACE

—¿Qué quieres decir con que la han secuestrado? ¿Quién demonios la ha secuestrado? —el sudor gotea de mi frente y me lo limpio con el pañuelo.

—Todavía no estamos seguros de eso, jefe. No hubo testigos —dice Matteo.

Se me revuelve el estómago.

—No hay testigos. ¿Atacaron el recinto? ¿Cuántos de mis hombres resultaron heridos en el ataque?

—La atraparon mientras daba un paseo esta tarde.

¡Inaceptable!

—¿Por qué no estaba uno de mis hombres con ella?

—a todos los lugares a los que iba, se suponía que un guardia la acompañaba.

—Ella estaba dando un paseo con Markus. Estúpidamente volvió al recinto para recuperar su teléfono. Cuando volvió, ella ya no estaba —dice Matteo. Está tranquilo, mucho más racional y en control de lo que yo siento con la noticia.

—Tiene que ser Caruso y sus hombres. Es la única jugada que tiene sentido, que Luka venga a por mi hijo.

—Eso es lo que sospechamos también. Las cámaras frente a la casa captaron una furgoneta blanca pasando a toda velocidad. No hay vigilancia capturada de su secuestro real, pero estamos seguros de que es Caruso. Ustedes tienen problemas de sangre, y si él le cuenta sobre esa noche...

—No lo hará —le digo a Matteo. La discusión sobre el pasado ha terminado. Todos cometemos errores. Los míos fueron mortales—. Quiero que se forme un equipo para recuperar a Olivia y a mi hija ilesas. Estás a cargo de la misión hasta que yo regrese. Me dirijo directamente al aeropuerto.

Cuelgo la llamada y miro el teléfono. No ha habido ningún contacto de Luka Caruso.

¿Cuál es su objetivo? ¿Por qué secuestrar a Olivia si no es para hacerme daño? ¿Es ese su plan, hacerme sufrir? ¿Divulgará mis secretos?

Es más cruel y mucho más astuto para capturarla solo por deporte.

¿Quiere mi posición de poder y el control sobre mis hombres? No le sería difícil destruirme.

Es por eso que nunca me permito acercarme a nadie. Excepto que rompí mi propia regla con Olivia. Y ahora ella está ahí fuera, en peligro, y yo tengo la culpa.

CAPÍTULO VEINTISIETE

OLIVIA

Me llevan al hospital con la doctora Morgan acompañándonos en la furgoneta oscura. El mismo vehículo que usaron para sacarme de la calle.

No dice nada, pero parece tan estresada como yo, sin el dolor del parto. Me parece claro que está bajo presión.

¿Qué tienen contra ella?

¿Han amenazado a su familia?

No puedo preocuparme por ella. Mi atención se centra en la niña que está a punto de reventar y llegar mucho antes de lo que me gustaría.

El médico controla mis contracciones de camino al hospital.

Cada bache en el camino es una nueva forma de tortura y dolor. Quiero gritar para que el conductor se detenga, pero no creo que lo haga, ni tampoco importa. No puedo correr y escapar. Si se detiene, estoy a merced del recién nacido que estoy a punto de dar a luz, y eso no implica correr mucho. Tal vez hacia la hierba.

—Lo estás haciendo bien —dice la doctora Morgan mientras estudia su reloj y mide mis contracciones.

No estamos solos en la parte trasera de la furgoneta. Un hombre con una gran cicatriz en la mejilla izquierda sostiene una pistola en la mano. Es una amenaza. Su dedo no está en el gatillo, pero sabe que estamos a su merced.

Nos detenemos en el muelle de urgencias del hospital y el hombre de la cicatriz abre la puerta trasera mientras el conductor recoge una silla de ruedas cerca de la entrada principal.

En cuestión de minutos, me llevan a través del hospital hasta el área de partos. Los hombres de las pistolas tienen sus armas escondidas, pero están a pocos metros detrás de nosotros. La doctora Morgan empuja la silla de ruedas, haciéndose cargo de mí como su paciente.

—Tienen que esperar aquí fuera —advierte a los mafiosos mientras me hace pasar por las puertas dobles.

—Tenemos órdenes de quedarnos a su lado en todo momento —dice el hombre con cara de cicatriz.

—No me importa. Esperen aquí fuera o llamaré a seguridad.

Resoplan y bufan su descontento mientras me hace pasar por la zona de seguridad.

—Relájate, no pueden llegar a nosotros aquí atrás.

Ojalá pudiera creerle, pero no van a dejarme ir y dejarnos solas ahora que estoy de parto.

El dolor me desgarra, otra contracción. Tengo tantas preguntas, preocupaciones, inquietudes, pero ninguna de ellas importa.

Jace no está aquí.

Tal vez sea lo mejor. No lo quiero en la sala de partos

si es mafioso y responsable de la muerte de Austin y John.

No lo quiero cerca del bebé.

Y el bebé viene ahora. Parece que en cualquier momento, el pequeño hará su gran entrada en el mundo.

CAPÍTULO VEINTIOCHO

JACE

El vuelo es largo y tedioso sobre el Océano Atlántico. No ha habido noticias de su paradero, y no se me da bien esperar.

Matteo está alineando a mis hombres para entrar en el recinto de Caruso. No ha habido avistamientos desde el exterior, y no tenemos ningún hombre dentro.

Es arriesgado con tanta seguridad que protegerá a Luka. Sin duda están esperando nuestra llegada y han reforzado sus guardias con armas y potencia de fuego extra.

Vamos a entrar en un baño de sangre. Solo puedo esperar que la mayoría de mis hombres salgan vivos.

Están bien entrenados, pero también lo están los Caruso. No siempre fuimos enemigos. Estuvimos unidos bajo un solo líder hace muchos años, mucho antes de que me convirtiera en don.

Me avisan una vez que están dentro del recinto.

—Dime que la tienes.

Necesito buenas noticias. No hay mucho que pueda hacer más que esperar y esperar en el avión.

—Ella no estaba en el recinto. Uno de los hombres dijo que la llevaron al hospital antes de que le disparara.

—¿Hospital? —algo debe estar mal. ¿Es con ella o con el bebé? ¿Luka le disparó? Es demasiado pronto para que venga el bebé. No sale de cuentas hasta dentro de seis semanas.

—Está de parto —dice Matteo—. Estoy enviando a Markus al hospital para averiguar qué está pasando. En cuanto aterrice, tendré un helicóptero listo para transportarla al hospital.

—Quiero que vigiles su habitación. No a Markus.

El chico la cagó, dejando a Olivia vagar sola fuera del recinto. Nada de esto habría pasado si hubiera seguido mis órdenes.

—Por supuesto, jefe. Voy para allá ahora mismo —dice Matteo.

Cuelgo la llamada. La cabeza me da vueltas. Agradezco no ser yo quien pilote el avión. Me siento en el asiento de cuero del pasajero con la cabeza entre las manos.

No solo me preocupa la vida de mi hija. En algún momento de los últimos meses, me he enamorado de Olivia Summers.

Se suponía que no debía intimar con ella. Era solo una sustituta, nada más. Pero todo eso cambió hace varias semanas después de descubrir el sexo del bebé, traerla a casa, darle ese alegre masaje.

—*Jace, eso fue...*

—*¿Increíble?* —*le doy un suave camino de besos en la nuca.*

Ella se gira para mirarme, con los ojos cargados y una amplia sonrisa en la cara.

—*Creo que has desatado una bestia.*

—¿Qué significa eso? —pregunto.

Se lleva la mano al cinturón, lo suelta y lo saca de mis pantalones.

—Quiero más —dice.

La audacia y el descaro de ella son lo que he esperado durante meses para ver y experimentar. No solo en términos de sexo, sino en cuanto a tomar las riendas, exigir lo que quiere.

—Bien, porque te daré lo que quieras —digo, clavando mi mirada en ella.

Ella exhala una suave bocanada de aire. Sus mejillas están sonrosadas, y vuelve a arrastrar los pies en la cama mientras yo me desnudo, tirando mi ropa al suelo.

Olivia respira con dificultad, sus párpados pesados, sus pupilas oscuras y amplias, inclinándose hacia mis labios. Es como si este tedioso baile que llevamos haciendo durante meses se encontrara por fin con fuegos artificiales.

Una explosión perfecta.

La pongo de lado, me acurruco detrás de ella y guío mi pierna entre las suyas. La acaricio, la toco, escucho sus gemidos y súplicas. Con su cuerpo acurrucado contra el *mío, no tardo en ponerme duro como una roca, palpitando por la liberación.*

Puede que ella haya tenido sueños sexuales, pero yo he fantaseado con meterle la polla, escuchando sus gemidos y gritos de placer.

Cada jadeo cuando la toco me vuelve loco de necesidad.

—*No tenemos que tener sexo* —*le susurro al oído.*

Quiero hacerlo. Mi cuerpo palpita por la liberación, pero he dejado claro que se trata de su placer, y no tengo intención de hacer nada que la haga infeliz.

—*Tus necesidades son mis necesidades* —*susurra Olivia*—*. Dime lo que quieres, Jace.*

Está ronca y sin aliento. El sonido de su voz es como una música celestial, dulce y enérgica, que hace que mi polla se retuerza.

—*Te deseo* —*confieso, diciéndole que mi cuerpo es suyo para que haga lo que quiera*—*. Pero estás embarazada.*

—*¿Y?* —*me mira por encima del hombro*—*. La doctora dijo que podíamos experimentar.*

Eso es lo que la doctora Morgan ordenó.

—He querido follar contigo desde el momento en que nos conocimos —digo—. Pero no podemos tener una aventura de una noche.

—Tú eres el que se acuesta con extraños al azar. Yo no —dice Olivia. Mueve el culo contra mi polla.

Gimoteo ante la insoportable tortura de no haberla follado todavía. Hablar de esto con ella me está volviendo loco. Mi polla palpitante no puede aguantar mucho más.

—Quiero follarte, hoy, mañana, durante todo el tiempo que necesites —me abstengo de decírselo para siempre. No es el momento de ponerse ñoño o sentimental.

—Eso es suficiente para mí —susurra Olivia y se acerca por detrás a mi miembro. Acaricia la cabeza. Su mano es cálida y suave, y me provoca antes de que apoye una mano en su muñeca.

—Si sigues haciendo eso, te decepcionaré.

Hay una sonrisa en su tono.

—Dudo que eso sea posible —dobla las rodillas y se desplaza, dejándome un amplio espacio para deslizarme dentro de su calor.

Introduzco los dedos entre sus pliegues y la toco, la acaricio, provoco su humedad antes de introducir mi *polla en su interior. Está apretada, y sus entrañas palpitan en el momento en que la introduzco.*

—No te corras todavía —le ordeno al oído, besándola.

Mi mano acaricia su pecho y baja por su vientre hasta su perla, provocándola con cada empuje.

Su espalda se arquea y se aferra a mi cuerpo, cada vez más cerca.

Sigo un camino de besos por su cuello y su hombro, chupando suavemente mientras ella empuja sus caderas contra las mías.

—Más fuerte —jadea.

Sus entrañas se aferran a mi polla. Tiemblan contra mi miembro.

Acelero mi ritmo. Está cerca, y quiero que aguante la inminente ola todo lo que pueda.

—Córrete para mí —le susurro al oído, metiendo el lóbulo entre los dientes, chupando y burlándome de ella.

El cuerpo de Olivia tiembla y se aprieta, sus entrañas se estremecen y aprietan mi polla, llevándonos a los dos al límite.

Una noche de placer se convirtió en dos. Y pronto me uní a ella en la cama casi todas las noches, entrando a hurtadillas cuando las luces estaban apagadas y ofreciéndome a ella, para su placer, por supuesto.

Pero no se trataba solo de sus necesidades.

Ella satisfacía las mías. Superó esas necesidades y sació los deseos que yo no sabía que tenía hasta que la conocí.

Y ahora, una vez que el bebé ha nacido, ¿qué es lo siguiente?

Ella se va por su cuenta, a vivir su vida, y yo nunca la volveré a ver. Eso no es lo que quiero.

¿Pero es lo que ella quiere?

No es una discusión que hayamos tenido. He evitado la conversación porque pensé que teníamos seis semanas más para resolverlo.

Estaba equivocado.

CAPÍTULO VEINTINUEVE

OLIVIA

Es hermosa. Diez dedos en las manos y diez en los pies. Es perfecta, aunque pequeñita y frágil, pesando poco más de un kilo.

La han llevado a la UCIN. No quiero que esté sola. ¿Y si Luka y sus hombres van tras ella?

En cuanto me lo permiten, una enfermera me ayuda a subir a una silla de ruedas para pasar un rato con mi niña en la UCIN.

Es peligroso, pensar que es mía. Pero Jace no está aquí, y hay hombres armados a pocos metros, detrás de unas puertas dobles que no ofrecen ninguna protección.

La enfermera no les presta atención y me hace pasar junto a ellos para ver a mi niña.

Markus y Matteo están en el pasillo. Ninguno de los dos me dice una palabra.

Hay una tristeza en sus ojos. ¿Es arrepentimiento? ¿Ira? No puedo descifrarlos.

No hay señales de Luka y sus hombres, pero eso no significa que no estén cerca. Esperándome.

Me acompañan más allá de los dos hombres de Jace y dentro de la UCIN. ¿Es cierto que es mafioso? Me pesa el estómago, me pesa una bola de plomo que me atormenta.

¿Por qué no puedo tener este momento de felicidad?

Aunque, ¿cómo puedo ser verdaderamente feliz? No es renunciar al bebé lo que me duele tanto como el hecho de que siga siendo tan frágil. Todavía no estaba preparada para salir a este mundo, y esos monstruos la hicieron venir antes de tiempo.

Por no hablar de lo que dijeron.

Todo debe ser mentira.

Culpo a Luka Caruso. Él estuvo detrás de mi secuestro, arrebatándome de la calle. Lo que dijo sobre que Jace era responsable de la muerte de mi familia no puede ser cierto. Lo que sea que esté pasando entre Luka y Jace, no me involucra.

No puede ser.

Jace me habría dicho la verdad. No tendría secretos para mí. ¿Lo haría?

—¿Ya has pensado en un nombre? —pregunta la enfermera.

—No me corresponde ponerle un nombre — susurro.

La enfermera me mira de forma extraña.

—Soy la madre de alquiler —le explico—. Su padre debería llegar pronto. Estaba fuera del país...

Me acerca a la incubadora abierta.

—Me doy cuenta de que puede dar miedo, pero la cama la mantiene caliente —dice la enfermera—. La buena noticia es que acaba de superar el umbral de los cuatro kilos. Con suerte, no tendrá que permanecer en la incubadora mucho tiempo. Los médicos están controlando sus constantes vitales y hablarán con usted pronto.

—Gracias.

————

Acuno a la pequeña en mis brazos. No había planeado amamantarla, pero tampoco esperaba que naciera antes de tiempo. Está acunada contra mi piel, prendida cuando Jace entra en la habitación.

—¿Es ella? —pregunta Jace. Sus mejillas están rojas, sus ojos aturdidos. Parece agotado.

Ya somos dos. Posiblemente, tres.

—Lo siento. Quería estar allí cuando dieras a luz.

—Lo sé —digo. Vuelvo a mirar a Jace y a la niña en mis brazos—. No iba a alimentarla así, pero el médico dijo que sería beneficioso, y es más fácil para ella digerir la leche materna que la de fórmula. Le ofrezco una débil sonrisa.

—Es tan pequeña —dice Jace. Su mirada pasa de su hija a mí—. ¿Cómo estás?

—¿Aparte de los hombres de Luka que me atraparon en la calle? —todavía estoy amargada por la experiencia, pero me llevaron al hospital.

Podría haber sido mucho peor.

La preocupación se apodera de mí. ¿Se ha acabado con ellos? ¿Volverán a por la niña o a por mí?

Nos dan unos momentos de privacidad. Una de las enfermeras está al otro lado de la habitación atendiendo a otro bebé prematuro y no nos presta mucha atención.

Clavo la mirada en Jace.

—¿Es cierto? —pregunto en un susurro. Necesito saber que esta niña estará a salvo con él.

Su ceño se tensa.

—¿Qué es verdad?

Le digo con la cabeza que se acerque más.

Él sigue mis silenciosas instrucciones.

—Todo lo que me dijo Luka, que estás con la mafia, que quemaste mi casa y mataste a mi familia.

No quiero que sea verdad. Le ruego sin palabras que me diga que Luka es un mentiroso y que intenta manipularme y ponerme en contra de Jace.

Jace baja la mirada a mi pecho expuesto. No me mira a mí alimentando a la niña en mis brazos, sino a otra cosa.

Enderezo la espalda mientras estoy sentada con la niña contra mi pecho, agarrada mientras se alimenta.

—Dime la verdad. Me lo merezco, Jace.

—No es lo que piensas.

Me río ante lo absurdo de su afirmación. ¿No es eso lo que dicen siempre?

—Eso es una excusa. Entonces, ¿es verdad?

Jace hace una mueca. Sus ojos se oscurecen y su humor cambia con ello.

—Lo que he hecho en el pasado no te concierne.

—¡Sí lo es cuando has asesinado a mi marido y a mi hijo!

CAPÍTULO TREINTA

JACE

No es así como quería que Olivia se enterara.

No pretendía que descubriera que yo había sido el responsable del incendio de la noche en que murió su familia.

Había sido un accidente, un error fácil. Uno de mis hombres tenía dislexia y se equivocó en los números de la dirección.

Un error que no volverá a ocurrir.

Está muerto.

Hice que lo ejecutaran.

Pero eso no devuelve las dos vidas inocentes perdidas. Antes de conocer a Olivia, no eran más que un número, un recuento de cadáveres que se sumaba al recuento de individuos fallecidos en una guerra de la que no quería formar parte, pero había heredado el cargo.

Los hombres contaban conmigo. Y si no protegía a mis hombres y a la ciudad, esta se vería invadida de drogas y armas, de asesinatos y de hombres que amenazaban a mujeres inocentes, como Olivia.

¿No ve eso y se da cuenta de que no soy el malo? Solo estoy atrapado en la mafia. Suena peor de lo que es. Te juro que no soy el diablo. Ni mucho menos.

Apenas me mira, y lo que más me preocupa es que descubra mi secreto y traicione nuestro juramento, sin querer entregar a mi hija que está contratada para ello. Si la llevo a juicio, ganaré, pero mi reputación quedará destruida. Industrias Barone será puesta bajo escrutinio. Tengo muchos frentes para lavar dinero, pero no importa.

Olivia tiene el poder de destruirme.

Nunca debí involucrarla. En el momento en que me di cuenta de la conexión, la asociación entre el pasado y el presente, fue demasiado tarde.

Estaba embarazada.

Y ahora está sosteniendo a mi hija en sus brazos. Debería estar agradecido de que esté alimentando al bebé, cuidando de ella de una manera que yo no puedo, pero no debería estar aquí. Ella ha terminado.

Su compromiso conmigo ha terminado.

—No tienes que estar aquí —le digo, recordándole el trato que teníamos. Su final es completo. Ella dio a luz a mi hija—. No deberías estar aquí.

Aunque la quiero a mi lado, ese no es el acuerdo.

—No me voy —dice Olivia, mirándome fijamente. La enfermera vuelve a coger al bebé dormido de los brazos de Olivia y lo coloca de nuevo en la incubadora.

—¿Has pensado en un nombre? —pregunta la enfermera, ajena a la tensión que crece entre las dos.

—Sí, Astrid Elisa Barone —digo. No había sabido

cómo iba a llamar a mi hija hasta que la vi, hasta este mismo momento.

—Es un nombre precioso —dice la enfermera, anotándolo. Atiende a la pequeña Astrid, asegurándose de que está bien antes de revisar al siguiente bebé.

—He pensado que Astrid podría llamarse como Austin. Los dos empiezan por A. Estoy tratando de caerle bien a Olivia.

¿Debería importar?

No tendremos que vernos nunca más. Depositaré el resto de los fondos que le corresponden y eso es todo, fin.

Olivia abre la boca y la cierra rápidamente. Como si tuviera algo que decir pero lo pensara mejor.

—No voy a dejar su cama, Jace. No hasta que sea dada de alta del hospital.

Me preocupa su apego a Astrid, su pérdida de un hijo ya, y lo que podría significar. No era ajeno a los peligros cuando hice este trato con ella, pero no pensé que descubriría mi pasado y quién soy.

No me fijé demasiado en descubrir su pasado, o me habría pensado dos veces el pedirle que fuera la madre de alquiler.

¿Peleará conmigo por la custodia?

Teníamos un acuerdo y un contrato firmado. Pero, ¿qué importará eso si ella hace saber a los medios de comunicación que soy Don, el jefe de la familia Barone, un mafioso?

———

Hay una extrañeza entre nosotros. Una quietud. La calma antes de la tormenta.

Olivia ha sido dada de alta del hospital, pero Astrid aún no ha recibido el visto bueno. Está bien, prosperando, pero todavía no está ganando suficiente peso ni es capaz de regular su temperatura corporal.

Así que esperamos.

Tengo que estar en el trabajo, pero me he tomado una licencia y he dejado que Matteo se encargue de la política de la oficina y del liderazgo de la mafia mientras yo estoy junto a la cama de mi hija. Nunca he contado con él tanto como ahora.

Olivia está conmigo todos los días, a cada paso. He insistido en que es libre, pero no se separa de Astrid, sacando leche y alimentándola, estableciendo vínculos con mi hija.

Y eso me asusta.

Yo no acepté la copaternidad.

Astrid es mía.

Pero biológicamente, Olivia es su madre.

Me advirtieron sobre la maternidad subrogada tradicional y me aconsejaron que no lo hiciera, que buscara una madre de alquiler gestacional que no tuviera derechos legales sobre la niña porque no se utilizaría su óvulo.

Pero hice lo que quería en contra del consejo. Y ahora tengo que afrontar las consecuencias de mis actos.

No ayuda que me haya acostado con Olivia, que haya formado un vínculo con la mujer que ha llevado a mi hija.

¿Quiero que se vaya? No, pero también soy consciente del daño que he hecho, del dolor que ha sufrido por mi culpa.

—Voy a recoger mis cosas —dice Olivia.

Es tarde, y quedarse a todas horas de la noche no ayuda a nadie. Me planteo reservar una habitación de hotel cerca del hospital, pero Astrid está estable. Los médicos nos aseguran que está tan bien como se esperaba, y que solo hay que darle tiempo.

Llevo a Olivia de vuelta al recinto, pero no tengo ningún plan real. Debería estar entrevistando a las niñeras. Con el tiempo, se espera que vuelva a trabajar, pero ese pensamiento está muy lejos de mi mente.

—No tienes que ir a ninguna parte —digo. Mis manos están sobre el volante, apretadas.

Apenas hemos hablado más que unas pocas palabras en los últimos dos días. Cada conversación ha sido sobre Astrid.

Al final, vamos a tener que hablar de nosotros. O de lo que sea que exista.

—Quedarse no parece una gran opción —dice Olivia—. Estoy segura de que quieres tu propio espacio y quitarme de en medio.

No le digo que la idea de que se vaya me desgarra por dentro.

—La casa es muy grande —digo, ofreciendo una excusa razonable para que no se vaya.

Ella exhala un fuerte suspiro.

—Me iré cuando Astrid vuelva a casa contigo —dice Olivia.

El silencio llena el vehículo cuando nos acercamos al recinto.

—¿Es cierto? —pregunta ella.

—¿Es cierto qué? —quiero evitar cualquier conversación sobre Luka Caruso y su secuestro. Pero no hemos hablado. El hospital no era el lugar apropiado para esa conversación.

—Hiciste que asesinaran a mi marido y a mi hijo.

Cuando lo dice en voz alta, es como si una daga afilada atravesara mi corazón.

—Fue un accidente.

—¿Pero intentabas asesinar a alguien? —Olivia presiona más, forzando mi mano. No quiero revelarle un mundo que es oscuro y aterrador, que le provocaría pesadillas cuando cierra los ojos al acostarse.

—No me tomo lo que hago a la ligera —digo. Nunca he matado a nadie cuando no estaba justificado. Aunque la ley no consideraría el asesinato como una causa justa, no actuamos dentro de las líneas de la ley. La policía tiende a mirar hacia otro lado. Tampoco les damos mucho trabajo en términos de pruebas.

No dejamos nada.

Por eso hubo un incendio esa noche. Tenía todas las pruebas enterradas y quemadas.

Destruidas.

Nadie lo sabría ni me relacionaría con el crimen. Pero aquí estaba yo, prácticamente confesando mis pecados a Olivia Summers.

Este era un juego peligroso.

Ella era peligrosa, sacando la verdad de mí, algo que no había compartido con nadie fuera de la familia.

Nunca.

—¿Llevas un micrófono? —me aparté bruscamente a un lado de la carretera. Me desabrocho el cinturón de seguridad y le abro la camisa de un tirón. Los botones salen volando. Ya me han traicionado antes, y no puedo evitar dudar de sus preguntas y su integridad.

—¿Qué demonios estás haciendo? —grita. Olivia me aparta los brazos de un manotazo—. ¡Suéltame!

Hago lo que me pide, solo porque no hay pruebas de que haya un micrófono, ni vigilancia, que yo sepa.

Ella está limpia.

Soy yo el que tiene las manos sucias.

—Te lo contaré todo, pero solo cuando estemos de vuelta en el recinto. Necesito saber con absoluta certeza que mis palabras no pueden ser utilizadas en mi contra.

—¿Y entonces? —pregunta ella—. ¿Qué pasará conmigo?

¿Teme por su vida?

Debería. No es que vaya a dañar un pelo de su cabeza, pero eso no me hace menos monstruo. Una vez que ella se entere de la verdad, no puede dejar de ser escuchada. La caja de Pandora está abierta.

—Luka podría volver a perseguirte. Aunque no creo que lo haga, porque ganó si su juego final era divulgar mi secreto para destruirme.

—No lo hará —susurra Olivia, tan segura como yo de que ha hecho lo que pretendía. El daño es grave. Eterno.

—Aun así, te he preparado un apartamento en la ciudad. El edificio tendrá seguridad privada y estarás a salvo.

Exhala un fuerte suspiro.

—¿Segura como la última vez, cuando me fisgoneó un asqueroso?

Hago una mueca y me dejo caer en mi asiento. Me abrocho el cinturón de seguridad y vuelvo a la carretera.

—Eso fue diferente. Eran los hombres de Luka los que te vigilaban.

Ambos pensamos que ha terminado. Ha tenido su diversión. Al menos quiero creer que el juego de perseguir a Olivia y darle caza ha terminado. Él la atrapó. Yo perdí.

Y aunque yo haya perdido, ella sigue viva. Y por eso, estoy eternamente agradecido.

Ella está en silencio mientras nos llevo de vuelta al complejo. Justo cuando llegamos al complejo, me mira.

—Me estaba enamorando de ti —susurra, mirándome fijamente.

El corazón me martillea en el pecho.

Sí, yo también.

Pero no tiene sentido perder el aire diciéndole que lo siento o que me siento igual. Las disculpas no tienen sentido. Son para los débiles. Y afrontémoslo, nada de lo que diga o haga puede arreglar toda la mierda que he causado y el daño que he hecho.

Lo he jodido todo.

Sale del vehículo y yo la sigo al interior. Olivia se dirige directamente a su habitación.

—¿Puedo ofrecerte algo? —le ofrezco.

Justo cuando llega a lo alto del rellano, se gira para mirarme. Una mano en la barandilla, la otra apuntando a mi pecho.

—No hay nada que pueda querer de ti.

—Nunca quise hacerte daño —le digo. Probablemente sea la peor disculpa, pero es verdad. Mi intención no era herirla a ella o a su familia.

—¿Sabes qué, Jace? Luka tenía razón.

Tengo la boca seca. Tengo miedo de preguntar a dónde va con su línea de pensamiento. Es peligroso.

Letal.

Aunque nunca le haría daño, no puedo decir lo mismo de él.

—Me dijo que debía quedarme con el bebé, que solo así sabrías lo que es perder a tu propia sangre, a tu único hijo.

Quería que Olivia me hiciera daño. No esperaba menos. Ese día destruí dos familias: La de Luka y la de Olivia.

El padre de Luka había sido la misión, destruir a un don para desbaratar el imperio, y la esperanza era que las dos familias se fusionaran, de nuevo, bajo un nuevo liderazgo.

Eso era una ilusión. Era una tontería creer que Luka aceptaría la muerte de su padre sin tomar represalias.

—En caso de que lo hayas olvidado, Luka es el monstruo.

—Desde mi punto de vista, tú también lo pareces.

Gira sobre sus talones y se dirige a su dormitorio.

La sigo de cerca. Hay muchas cosas que ella no sabe sobre nuestras familias enemistadas. Mi papel en esto no fue por elección. Fue por necesidad.

—Los Caruso son psicópatas violentos —digo, persiguiendo a Olivia. La sigo hasta su dormitorio y cierro la puerta bruscamente tras de mí.

Ella salta.

¿No se ha dado cuenta de que le estoy pisando los talones, siguiéndola?

—Pues eres un asesino —me dice con insistencia.

Incluso cuando dice esas palabras, no parece tener el más mínimo miedo de mí. ¿Está ocultando su miedo? ¿O se da cuenta de que algunos hombres son peores que otros?

—Solo hice lo que era mejor para la familia y la ciudad —digo.

La tomo de la mano y la conduzco al baño, cerrando la puerta de golpe. Enciendo el ventilador y abro la ducha.

—No voy a ducharme contigo, Jace —cruza los brazos sobre el pecho.

—No tienes que hacerlo. Desnúdate. Necesito ver que no llevas micrófono. Entonces, te lo contaré todo.

Ella refunfuña y se desnuda lentamente. No es la tarea más fácil. Se deja la ropa interior y el sujetador puestos.

—¿Feliz?

—Nada de esto me hace feliz —digo. Le hago un gesto para que se dé la vuelta y pueda inspeccionar cada centímetro de ella.

Pone los ojos en blanco y se gira para mostrarme que no lleva micrófono. No hay nada atado a su ropa interior.

—Suéltalo —exige.

No hay vuelta atrás. Se merece la verdad y escucharla de mí.

—Los hombres de Luka son peligrosos. Amenazan a las mujeres, a los niños, a cualquiera que consideren inferior a ellos. Has visto de primera mano cómo Luka trata a una viuda afligida —le digo, recordándole lo que soportó en sus manos.

No se opone, solo me mira fijamente, aparentemente convencida de que yo soy el monstruo de esta historia.

—Dirige el mercado negro de la ciudad, secuestra niños pequeños, especialmente recién nacidos, y los vende a una agencia de adopción de la que es propietario.

Ese había sido mi temor inicial cuando se llevaron a Olivia: que Luka vendiera a mi hijo en el mercado negro.

—No me importan sus crímenes. Me doy cuenta de que es un gilipollas. Lo que no entiendo es cómo me has mentido durante meses. Te metiste en mi cama, fingiendo ser un héroe cuando lo único que eres es un monstruo.

No se equivoca. Ojalá lo estuviera. Si pudiera deshacer todo esto, tal vez intentaría algo diferente.

—No puedo dejar que sea el dueño de la ciudad — digo, ignorando su ira y su resentimiento. Puede que me odie para siempre. Es algo con lo que tendré que aprender a vivir y aceptar—. Roba niños y vende armas y drogas. Luego amenaza a los pequeños negocios, exigiéndoles que paguen por la protección, o sus matones saquean el lugar.

—¿Y tú qué eres, algún tipo de héroe? —sus palabras están marcadas con desdén.

—No soy un santo, pero tampoco soy Luka Caruso —digo—. Tenemos unos cuantos casinos clandestinos que no son en absoluto legales y funcionan bajo el radar, pero no hacemos daño a nadie. Ofrecemos protección contra los hombres de Caruso a los negocios que necesitan ayuda, y yo dirijo una red capaz de manejar papeles e identificaciones falsas.

Se burla en voz baja.

—¿Quieres decir que ese es el único negocio ilegal que haces, el juego y las identificaciones falsas?

—Tenemos un club BDSM clandestino —digo con una sonrisa de satisfacción.

—No sé si estás bromeando o no —su mirada se tensa y levanta una mano para que no responda—. No quiero saberlo. Lo entiendo. Luka es un hombre malo. ¿Tú eres qué? ¿Un santo?

—No, solo que no soy el demonio que tú tienes por ahí.

Ella resopla en voz baja.

—Es justo. Sigo odiando que hayas matado a mi hijo, a mi marido. No puedo dejarlo pasar. No esperes mi perdón. No ahora. Probablemente nunca.

Aprieto los labios.

—Lo entiendo. Intento no mirar su desnudez. Quiero tocarla, abrazarla, compensar mis transgresiones pasadas.

No soy un idiota. Sé que el sexo está fuera de la mesa. No solo porque acaba de tener un bebé, sino porque probablemente me cortaría la polla si me acercara a ella de alguna manera.

Está enojada conmigo, y el perdón no es algo fácil de aceptar, especialmente de un hombre que dirige la mafia.

CAPÍTULO TREINTA Y UNO

CUATRO SEMANAS *después*

Olivia

He evitado a Jace todo lo que he podido, pero eso es una hazaña imposible cuando me lleva de un lado a otro del hospital, a mi lado con Astrid.

Probablemente debería renunciar a mis derechos como prometí. Y lo haré, pero no antes de saber que ella está a salvo.

Ella estará a salvo con Jace, ¿verdad?

Él es el jefe de la mafia.

¿Cómo puede estar a salvo? Ni siquiera yo me siento a salvo, y sigo durmiendo bajo su techo. No me siento a salvo de él, ni de sus hombres, ni de Luka, que sigue por ahí.

¿Volverá Luka Caruso a por mí?

No lo he visto desde el día en que me secuestraron, el día en que entregué a Astrid. Miro constantemente por encima del hombro al hospital. La preocupación me invade, pero no me he tropezado con él.

Jace y yo pasamos bastante tiempo juntos cuidando de Astrid. Sigo extrayendo leche, suministrando leche materna al hospital y alimentándola cuando tiene hambre. Se agarra al pecho y toma más que cuando empezó.

Juré que no me vincularía con ella, pero es imposible no hacerlo, mirando a la hermosa niña acurrucada contra mi pecho.

—Buenas noticias —la doctora se dirige hacia nosotros con una brillante sonrisa—. Podrán traer a Astrid a casa esta noche. Ha mejorado y es capaz de mantener su temperatura corporal. También ha ganado un poco de peso y está bien.

—Es una gran noticia —susurro, mirando a Astrid.

Pero no se siente bien. Se siente como otra pérdida.

No quiero ser egoísta. Me metí en este acuerdo sabiendo que Jace tendría un hijo y que nos separaríamos. Pero incluso con todo el dinero que me ha ofrecido, después de cuidar a Astrid y estar con ella todos los días en el hospital, la siento un poco mía.

Nunca se la quitaría. No estoy hecha para ser madre. No podría proteger a Austin. ¿Qué me hace pensar que puedo proteger a Astrid?

Jace y el médico discuten los detalles del cuidado de Astrid. Me desconecto, no presto atención y me concentro en la niña que tengo en brazos. No sé cuánto tiempo más tendremos juntos, y quiero saborear cada segundo.

———

El anochecer llega antes de lo que me gustaría.

Aunque me alivia que Astrid pueda volver a casa con Jace, me preocupa cómo será su vida. ¿Tendrá guardias que la escolten a todas partes cuando crezca?

No me preocupa la normalidad de su vida. Supe desde el principio que su padre era multimillonario. Nada será normal para ella. Pero me pregunto si será un objetivo de la otra familia mafiosa.

No quiero esa vida para ella. Pero no es mi decisión. Y tengo que hacer las paces con la forma en que Jace decide criarla.

Nos dirigimos al vestíbulo, Jace lleva la silla del coche con Astrid metida dentro, mientras caminamos uno al lado del otro en silencio.

Una avalancha de periodistas se abalanza sobre nosotros con cámaras y micrófonos, con la atención puesta en Jace.

—Jace, ¿puedes decirnos si los rumores son ciertos? ¿Es tuyo el bebé? —pregunta un reportero.

El calor arde en mis mejillas. Mi estómago lucha por sobrevivir. Levanto la mano para cubrirme la cara y dejo que mi larga melena me ayude a ocultarme de las cámaras.

—¿Cómo se llama el bebé? —grita otro reportero—. ¿Piensas casarte con la madre y sentar la cabeza desde tu estilo de vida de soltero?

Jace los ignora y me pone una mano en la espalda, guiándome hacia un coche que me espera. Matteo está en el asiento del conductor.

Jace abre la puerta trasera y me hace un gesto para que entre mientras él rodea la parte trasera del vehículo y abre la puerta opuesta, asegurando el asiento del coche para Astrid.

Un minuto después, está sentado delante con Matteo.

—¿Qué demonios ha sido eso? —pregunto mientras nos alejamos del hospital. Miro por la ventanilla trasera el frenesí mediático que dejamos atrás.

—¿No pensabas sinceramente que nadie se enteraría de que habías dado a luz al hijo del multimillonario Jace Barone? —dice Matteo. Hay un aire de desafío en su tono.

—Esperaba no tener mi cara en las noticias de primera plana —digo—. ¿Saben que eres de la mafia?

Matteo le lanza una mirada a Jace.

—Relájate, sabe que debe mantener la boca cerrada sobre la familia. Yo me encargo de los medios de comunicación —dice Jace.

—Claro, como tú te has ocupado de ellos hoy —murmuro.

Ha ignorado a los periodistas. Si esa era su forma de tratar con los medios, no parecía funcionar.

—Quizá no te importe que te acosen, pero ¿qué pasará cuando me localicen? —le pregunto.

Se remueve en su asiento y me mira por encima del hombro.

—Te acordarás de mantener la boca cerrada —dice Jace.

—¿Es una amenaza?

—Considéralo una cálida sugerencia —dice Jace.

No tengo intención de hablar con la prensa, pero ¡qué descaro, pensar que puede controlar lo que digo y hago! Cuando vuelvo a la casa, recojo mis cosas y me voy. He terminado con Jace Barone y su familia.

Matteo se aclara la garganta y busca un juego de llaves en el portavasos. Me las devuelve.

—Tenemos un apartamento preparado —dice Matteo —. Ya he barrido el lugar para asegurarme de que no había ningún micrófono u otro equipo de vigilancia.

Aunque sigo enfadada, aprecio las pequeñas cosas, como la privacidad.

—Gracias —digo. No planeo vivir bajo su techo para siempre. Incluso fuera de su casa, sigue siendo una de las propiedades de Jace. Pero no he pasado tiempo buscando alquilar un apartamento o comprar un condominio. Y la mayoría de los lugares a los que me mudaría requerirían un aviso a menos que tengan una vacante.

Jace se da la vuelta para mirar al frente.

—Eres bienvenida a quedarte todo el tiempo que quieras.

No me siento muy invitada por su lenguaje corporal. Ni siquiera me mira con su invitación. Parece una formalidad. No te preocupes, no acepto.

—Ese no era el acuerdo, Jace.

—Solo pensé que si aún no estás listo para dejar a Astrid, no tienes que hacerlo. Jace emite un suave suspiro y me mira brevemente por encima del hombro.

Astrid empieza a alborotarse en el asiento trasero mientras nos acercamos al tráfico.

—Es tu hija, no la mía —le digo.

Él quería este bebé. Me eligió como madre de alquiler. Yo solo acepté por el dinero. Al menos eso fue al principio, la desesperación. También pensé que Luka quería que aceptara la subrogación para borrar mi deuda.

Un malentendido.

—Cierto —dice Jace. Hay una frialdad y distancia entre nosotros. Es hora de que me vaya.

Después de unos minutos, el llanto de Astrid se calma mientras avanzamos entre el tráfico.

———

Recojo mis pertenencias. Quiero ver a Astrid, pasar todo el tiempo que pueda con ella antes de despedirme, pero cuanto más tiempo la tengo en brazos, más me duele irme.

Y tengo que irme. Esta no es mi casa, y Jace es un mentiroso.

¿Debo llevarme a Astrid conmigo, lejos de los demonios que persiguen a Jace?

Si lo hago, sus hombres vendrán tras de mí.

Jace me perseguirá. Es un asesino a sangre fría. Habiendo asesinado a mi esposo e hijo, podría fácilmente hacerlo de nuevo.

¿Pero qué clase de persona soy si la dejo con un monstruo?

No me molesto en doblar mi ropa. Lo meto todo en la bolsa de lona. Está repleta de ropa de maternidad. Cuando llegué a su casa hace meses, no tenía casi nada. Un coche casi sin gasolina en el que vivía. Él dio un giro a mi vida.

¿Cómo puedo ignorar lo que ha hecho? Las mentiras que ha dicho, las verdades que me ha ocultado.

Hay pasos en la entrada de mi habitación. La puerta está abierta y miro por encima del hombro.

Es Jace.

Astrid no está en sus brazos.

—La he puesto en la cuna. Está profundamente dormida por el viaje —dice Jace—. ¿Tienes todo empacado?

—Creo que sí —digo.

Entra en mi habitación y coge mi maleta, la baja por las escaleras y la lleva a mi coche, poniendo el petate en el asiento trasero.

Matteo sale de la oficina cercana.

—Te he enviado un mensaje con la dirección del complejo de apartamentos donde te vas a alojar. A menos que quieras que te lleve, para asegurarte de que todo está bien.

—Puedo encargarme —digo.

¿Significa eso que ya no tendré a los hombres y guardias de Jace siguiéndome? ¿Cree que Luka ya no es una amenaza para mí porque no estamos juntos?

No debería quedarme en la ciudad. Debería alejarme lo más posible de Jace y Luka. Siempre estarán en guerra, y no quiero estar cerca de la destrucción que traen a la ciudad o a ellos mismos.

He soñado con dejar Los Ángeles, viajar a Breckenridge para empezar de nuevo.

Tal vez sea el momento de hacer realidad esos sueños.

Jace me acompaña al exterior y a mi coche. Abre la puerta del conductor. ¿Espera un abrazo o un beso de despedida?

La ira resuena en mi cuerpo, bombeando la sangre con más fuerza, haciendo que mi corazón se acelere y mis manos suden.

—Cuida de ella, Jace —digo—. Luka sigue ahí fuera, y es peligroso.

Su mirada se tensa.

—No tan peligroso como yo.

¿Por qué todo tiene que ser una competición entre hombres? Exhalo un suspiro. Esa es mi señal para irme. Levanto el texto de Matteo y tomo las indicaciones para llegar al apartamento.

Por esta noche, me quedaré en el lugar que él ha dispuesto para mí. Pero no puedo quedarme allí para siempre.

—Adiós —digo y me meto en el coche.

Me cierra la puerta del coche y se aparta. Me abrocho el cinturón de seguridad, arranco el motor y me dirijo hacia las puertas de hierro. El guardia abre las puertas metálicas y me deja pasar.

Es la primera vez en meses que me dejan salir sola.

Es refrescante y aterrador al mismo tiempo. Agarro el volante y sigo las indicaciones de mi teléfono mientras me dirijo a mi nuevo apartamento.

Es hora de volver a casa.

CAPÍTULO TREINTA Y DOS

UNA SEMANA *después*

Jace

No he sabido nada de Olivia. No ha vuelto al trabajo. Tampoco esperaba que lo hiciera.

Tengo a Ryder, uno de mis mejores capos, vigilando el apartamento, alertándome de cualquier visita. Principalmente, estoy vigilando para asegurarme de que Luka no la acosa. No es que prevea que vaya a aparecer, pero la secuestró en la calle cuando estaba embarazada.

Si quiere hacerme daño, una forma es a través de Olivia.

Pero si asume que hemos roto, entonces debería dejarla en paz. No ha habido ninguna palabra de él.

Ha sido demasiado silencioso.

Matteo ha estado vigilando a la familia Caruso, asegurándose de que Luka no está haciendo otro movimiento en mi familia. Se las ha arreglado, con un poco de ayuda, para hackear su seguridad y las imágenes de vigilancia.

Si planean ir tras mi familia, lo sabremos.

Astrid llora mucho. Parece que apenas se detiene, excepto para comer y dormir. No sé qué hacer, cómo manejar a un bebé que grita.

¿Quiere a su madre?

Olivia se ha ido. No va a volver. Y me atrevo a decir que la echo de menos.

Acunando a Astrid en mis brazos, con el biberón en los labios, no lo toma. Su cara está roja, sus gritos son cada vez más fuertes.

—¿Puedo hacer una sugerencia, señor? —pregunta Matteo.

Debe sentir mi frustración. No se ofrece a sostener a Astrid. Nadie lo hace. No sé si es por el miedo a un recién nacido o porque no les gustan los niños. Mis hombres no tienen hijos. Apenas se cuidan fuera del recinto.

—¿Qué? —le gruño.

Estoy agotado y falto de sueño. No sé por qué pensé que podía hacer esto por mi cuenta.

—Ryder me ha informado de que no ha visto a Olivia salir de su apartamento ni una sola vez en la última semana.

Eso no suena bien.

—¿Le han traído comida o víveres?

El ceño de Matteo se frunce.

—No, señor. Me gustaría que uno de mis hombres fuera a comprobar su bienestar.

Acuno a Astrid, meciéndola en un brazo cuando finalmente toma la botella. Un alivio abrumador me inunda.

—Bien, hazlo.

—¿Puedo hacer también otra sugerencia? —pregunta Matteo.

Le fulmino con la mirada.

—¿Y ahora qué? —estoy muy malhumorado y él no ayuda a mi estado de ánimo.

—Necesita ayuda con el pequeño. ¿Puedo sugerir que traigamos una niñera?

—No quiero que nadie más críe a mi hijo. La intención que tenía al principio, antes de que Olivia diera a luz, había sido ideal.

La realidad es muy diferente. ¿Cómo podemos confiar en una persona de fuera? No me interesa a menos que la niñera tenga conocimientos de artes marciales, armas y entrenamiento de defensa personal. No quiero que Mary Poppins cuide a mi hija. Necesito a alguien con experiencia táctica y entrenamiento en seguridad privada.

Lo que limita mi búsqueda significativamente.

Y la idea de tener un guardia que siga a la niñera, no es una opción. No puedo arriesgarme a que nadie más sepa que somos de la mafia o que ella también acabe en peligro.

—¿Se trata de Olivia, señor? —Matteo no evita las preguntas difíciles. Es para lo que le pago, para ser brutalmente honesto. De momento, no es una cualidad que me resulte entrañable.

—No —respondo con demasiada rapidez. Tal vez estoy tratando de convencerme de que tampoco se trata de ella.

—Una vez que nos metamos en la rutina, todo irá bien —digo, tratando de tranquilizarme.

———

Astrid está muy despierta. Se ha acostumbrado a dormir unas horas durante el día y a llorar a todas horas de la noche.

De momento, está tranquila. Está alimentada, cambiada y envuelta en una manta en mis brazos. Sus ojos azules brillantes me miran fijamente.

Tiene los ojos de Olivia. Quizá cambien cuando crezca, pero lo dudo. También tiene mechones de pelo rubio fresa.

Mi estómago da un vuelco. En cierto modo, le he quitado dos hijos.

No, Olivia se fue. Tenía que irse para mantenerla a salvo. Además, estaba lista para irse. El acuerdo estaba completo, y su parte estaba finalizada.

Pero estaba abierta a cambiar las cosas. Si tan solo ella no me hubiera mirado con tanto asco.

¿Soy el monstruo que ella cree que soy?

Se oye un suave golpe en la puerta del cuarto de los niños.

Estoy sentado en una mecedora cerca de la ventana, con Astrid acurrucada en mis brazos.

Ryder asoma la cabeza en la habitación, y su voz es suave y tranquila cuando habla.

—Señor.

—Entra —digo y le hago un gesto con la cabeza para que se acerque—. ¿Has enviado a alguien al apartamento de Olivia? —quiero saber que todo está bien, pero eso significaría que uno de mis hombres es incompetente, lo que tampoco augura nada bueno.

—Sí, he ido yo mismo a ver cómo estaba.

—¿Y? —no me gusta que me hagan esperar.

Astrid empieza a inquietarse en mis brazos, y yo la acuno contra mi pecho, dándole palmaditas en la espalda para tranquilizarla. No es que funcione.

Empieza a llorar.

Es como si supiera que estamos hablando de su madre y no estuviera contenta de que Olivia se haya ido.

Yo tampoco, pero así es la vida.

No puedo suplicar que Olivia vuelva al recinto. Esta no es su vida. No es la mía.

—Ella no está bien, señor. Mi cuñada pasó por una depresión posparto. No sé mucho sobre eso, pero me preocupa que ella pueda estar luchando con el mismo tipo de escenario.

Eso no es lo que quería oír. Esperaba que ella estuviera bien, feliz de estar sola.

—¿Qué sugieres? —pregunto.

—Probablemente necesita hablar con algún tipo de

terapeuta, pero podría equivocarme. Tal vez usted debería visitarla, ver por sí mismo cómo está.

¿Acaso ella querrá verme?

—No estoy seguro de que sea una buena idea —digo.

Quiero verla, pero no quiero excederme. Ella ha dejado claro que no quiere estar conmigo y que me odia por lo que he hecho.

No la culpo, pero el hecho de que me presente sin avisar no va a mejorar su estado de ánimo.

—Se negó a hablar conmigo, me cerró la puerta en la cara —dice Ryder.

—¿Qué te hace pensar que hablará conmigo?

—Ella lo dijo. Me dijo que la única persona con la que hablaría sería Don Barone.

De alguna manera, dudo que haya usado esas palabras, que me haya llamado don, pero no cuestiono su táctica. Está tratando de ayudar, y Ryder se refiere libremente a mí como don, ya que soy su jefe.

CAPÍTULO TREINTA Y TRES

OLIVIA

El apartamento está oscuro. Las cortinas están cerradas y aún no las he corrido. No quiero buscar la luz del sol ni el calor. Cualquier tipo de felicidad no es para mí.

Ryder apareció sin avisar.

¿Jace me está controlando?

No habría otra razón para que uno de sus guardias me visitara.

El lugar es un desastre. He estado viviendo de mi bolsa de lona. ¿Qué sentido tiene deshacerla cuando pienso irme?

Me pongo unos pantalones de carga azul oscuro y una camiseta de manga larga. Busco la comodidad, pero no me siento ni un poco contenta ni relajada.

Se oye un golpe seco en la puerta.

¿Serán los hombres de Jace que me vigilan otra vez?

Recorro el apartamento a oscuras. Las luces están apagadas, pero es de día. Podría abrir una cortina para que entre la luz del sol, pero no lo hago.

—Un segundo —murmuro a la persona que está al otro lado de la puerta. Atravieso el apartamento tropezando con mis propios pies, pero me detengo justo antes de golpear la puerta de madera.

Maldigo en voz baja y abro la cerradura, abriendo la puerta.

Es la última persona del mundo a la que quiero ver.

Luka Caruso.

Cierro la puerta a la fuerza, pero él mete su bota de acero dentro, manteniendo la puerta entreabierta. Me empuja hacia atrás, tirándome al suelo.

Me pongo en pie, preparada para correr hacia el

dormitorio, cerrar la puerta de golpe y arrastrarme por la salida de incendios.

Pero él tiene otras ideas, y no implican mi huida.

Luka me agarra por el pelo y me acerca a su cara.

—¿Dónde está el bebé? —me mira con desprecio y me arrastra por el apartamento, habitación por habitación.

—No está aquí —le digo.

¿No se ha dado cuenta ya?

Astrid nunca fue mía.

No tengo intención de decirle nada a Luka. Puede que desprecie lo que hizo Jace, pero hay una oscuridad que crece dentro de mí hacia Luka.

Odio.

Arde como un horno en una profunda víspera de invierno.

Abrasador.

—Don Barone es un monstruo, alejando a su criatura de su madre. Supongo que ya ha terminado contigo después de que naciera el bebé —dice Luka.

Su aliento apesta a cebolla y a café rancio.

Mi estómago se revuelve ante el hedor.

—¡Suéltame! —me alejo de un tirón, pero sus dedos siguen enredados en mis largos mechones y no me suelta.

—Te hice una oferta —dice Luka—. Todavía puedes aceptarla. Incluso subiré la apuesta. Quinientos mil, y te quedas con tu niña. Todo lo que tienes que hacer es tomarla y dejar el país. Vete lejos de Don Barone, donde no pueda alcanzarte nunca.

—Querrás algo a cambio. No me está ofreciendo un pago en efectivo sin condiciones. No voy a ser su marioneta.

—Quiero que Jace pague por lo que hizo.

Hay un golpe firme en la puerta.

Luka se ha ido. Desapareció después de maltratarme, dejándome con el labio ensangrentado. Enciendo la lámpara de mesa y me acerco vacilante a la puerta principal.

Miro por la mirilla, esta vez con más cuidado sobre a quién dejo entrar en mi apartamento.

Es Jace, y lleva a Astrid en un cabestrillo envuelto en el pecho.

No quiero dejarle entrar, pero ¿están los hombres de Luka cerca? Sería peor si le hicieran daño a Astrid. No podría vivir conmigo misma si le pasara algo a esa niña.

—¿Qué quieres, Jace? —pregunto.

—Déjame entrar.

Arrastro los pies y cedo, abriendo la puerta. Él nunca me haría daño. Al menos no físicamente. Desbloqueo la cerradura y doy un paso atrás.

—Está abierto —me doy la vuelta y me dirijo a la cocina para que no pueda ver mi labio ensangrentado. Me lo he limpiado, pero está hinchado y magullado.

Cojo un vaso del armario y abro el grifo, cogiendo algo para beber: una distracción.

Cierra la puerta y asegura la cerradura. Oigo cómo encaja en su sitio. Me detengo en la cocina, de espaldas a él.

—¿Cómo estás? —Jace pregunta como si fuera la pregunta más ordinaria y estuviéramos en el trabajo. Su comportamiento es amistoso, cálido y nada profesional. Es informal, como si fuéramos viejos amigos y solo se hubiera pasado a verme.

—Estoy bien —doy un sorbo al agua mientras me pongo de pie sobre el fregadero.

Jace entra en la cocina. Es silencioso, metódico. Abre la nevera.

—Sírvete —murmuro.

—¿Qué? Está vacío.

—Hay algunas cosas ahí —balbuceo. No está exactamente vacía. No me he muerto de hambre en la última semana desde que me fui, pero tampoco es que haya comido muy bien. Había algunos alimentos que Matteo debió meter en el congelador, que descongelé y cociné para la cena.

—Una comida al día no es suficiente, Olivia.

Giro sobre mis talones para enfrentarme a él.

—¿Por qué te importa? —pregunto. Quiero mirarle fijamente, gritarle y recordarle que él es el malo. No yo.

Pero una mirada a Astrid, acurrucada contra su pecho, y mi corazón se rompe. Me tiembla el labio inferior y los ojos me arden de lágrimas.

Me apresuro a pasar junto a él y me dirijo al baño para correr y esconderme.

Jace me agarra del brazo y me impide huir.

—¿Qué te ha pasado en el labio?

—Me choqué con la puerta.

No se cree mi excusa.

—No, si lo hubieras tenido ayer cuando Ryder pasó por aquí, me lo habría dicho. ¿Qué pasó? —Jace no está ni un poco calmado o tranquilo. Su ira está saliendo a la superficie.

—No te concierne —digo—. Ya no soy tu problema.

—¿Es eso lo que crees que eres para mí, un problema? —Jace se burla. Me suelta el brazo, pero no corro.

¿Qué sentido tiene? No va a hacerme daño. No como lo haría Luka cuando apareció, lo que todavía me deja una piedra en la boca del estómago. Un pesado dolor que me atormenta.

Luka me ordenó que tomara a Astrid y abandonara el país.

No fue una sugerencia.

Pero no puedo contarle a Jace lo que pasó, no en el apartamento. ¿Y si el lugar tiene micrófonos como la última vez?

—Quiero que me lleves a casa —digo.

Su ceño se frunce, confundido.

—Vale. ¿De vuelta al recinto? —no pone la más mínima resistencia.

—Sí —digo. Le contaré todo cuando estemos dentro y donde sepa que es seguro.

Me coge de la mano y me acerca. Astrid está acurrucada entre nosotros, acurrucada contra su pecho. Sus labios capturan los míos en un beso ardiente.

—Te amo —susurra, se aparta y me mira fijamente a los ojos.

El corazón me palpita en el pecho. No voy a volver al complejo para estar con él. Vuelvo para protegerle a él y a Astrid.

Y se lo diré, pero no aquí, no donde Luka pueda estar escuchando u observándonos. Tengo que ir con cuidado.

Su pulgar roza la herida de mis labios. Sus ojos parpadean con algo desconocido que nunca he visto antes.

¿Es rabia?

—Vamos a por tus cosas y te vendrás a casa conmigo —dice Jace.

———

El trayecto en coche hasta el recinto transcurre en silencio.

Astrid está abrochada en el asiento trasero y profundamente dormida en su silla.

Sinceramente, no sé qué decir. Aunque dudo que Luka esté escuchando a escondidas en el coche, no tengo fuerzas para contarle todo a Jace, como pensaba que haría.

El silencio es más fácil. No puedo decepcionarlo si no hablo.

Miro fijamente por la ventanilla del copiloto y mis ojos se cierran perezosamente después de unos minutos. Estoy cansada. El día es lúgubre, lo que coincide con mi estado de ánimo.

Jace me acaricia suavemente la mejilla con sus cálidos dedos.

—Hola, dormilona. Ya hemos llegado.

—Gracias —murmuro y abro los ojos para seguir despertando. Me desabrocho el cinturón de seguridad y salgo del coche.

Jace coge el portabebés del coche y lleva a Astrid dentro con nosotros. Sigue profundamente dormida. Entro en el vestíbulo, el recinto me resulta demasiado familiar. Pasé semanas bajo el techo, casi siempre en mi habitación, mientras estaba embarazada. No es que no fuera una habitación bonita, amueblada y bastante cómoda. Pero nunca pensé que volvería aquí. Y mucho menos pedirle a Jace que me trajera aquí.

—¿Hogar, dulce hogar? —pregunta con una cálida sonrisa. Deja el portabebés en el coche y se quita el abrigo y los zapatos.

Me bajo la cremallera de la chaqueta. No tengo intención de quedarme mucho tiempo, pero necesito unos minutos de su tiempo y la fuerza para no flaquear.

Le lanza las llaves del coche a Vincent.

—Saca la bolsa de Olivia del maletero, ¿quieres?

Vincent se apresura a salir al frío sin abrigo ni guantes.

—¿Podemos hablar? —pregunto.

Jace asiente con la cabeza y sus ojos se arrugan con una sonrisa. Como si creyera saber de qué va esta conversación.

Pero no lo sabe. No puede saber que Luka ha venido y ha amenazado a mi familia.

Ellos son mi familia, aunque no estemos juntos. Todavía estoy conectado a Jace y Astrid. Siempre tendrán un lugar dentro de mi corazón.

—Claro, ¿qué tal si subimos a la guardería? Podemos dejar a Astrid y hablar.

Sube la silla del coche con Astrid dormida dentro por las escaleras. Le sigo a pocos pasos.

Debería haberle dicho la verdad en el coche. Esperar va a empeorar las cosas. Es como una tirita que hay que arrancar rápido para que no duela.

Me lleva por el pasillo hasta su habitación. Abre la puerta y me deja entrar. Su olor es abrumador, impregnando cada centímetro de su habitación. En un rincón, junto a la cama, hay un moisés para Astrid.

—El cuarto de los niños está al otro lado de esta puerta —me dice, y me lleva a la habitación contigua para que entre en la de Astrid.

Dentro hay una cuna, un cambiador y una mecedora cerca de la ventana. He visto la habitación del bebé varias veces, pero solo cuando estaba embarazada. Tampoco había pasado nunca por la habitación de Jace para entrar.

Coloca la silla del coche en el suelo y se agacha para desabrochar a Astrid del asiento.

Ella se revuelve mientras él la guía fuera del asiento y alrededor de la hebilla. Sus mejillas se enrojecen y yo espero el repentino gemido de un bebé llorando.

No me equivoco. Astrid tiene unos pulmones que probablemente se oigan en todo el recinto.

Esa niña puede llorar y despertar a los muertos.

Jace gime y la levanta contra su pecho, haciéndola rebotar en sus brazos, tratando de calmarla.

—Shh —dice, intentando calmar a Astrid—. No pasa nada. Te tengo.

Sus mejillas están rojas mientras grita su descontento.

La observo desde el otro lado de la habitación. No me corresponde intervenir. Astrid es su hija. Ya no es mía.

—Mierda —maldigo, dándome cuenta de que estoy perdiendo leche materna a través de la camiseta—. ¿Te importa si...?

—¿Quieres alimentarla? —pregunta Jace, con los ojos muy abiertos, llenos de esperanza.

Estaba preguntando si podía tomar prestada una camiseta, pero prácticamente me está entregando a Astrid. Sus brazos están extendidos para que coja al bebé que llora.

Acunando a Astrid en mis brazos, la llevo hasta la mecedora y me siento. Mi camiseta está empapada, así que me la quito y la tiro al suelo. No es que Jace no me haya visto amamantar antes. Astrid sigue llorando con su tono más agudo hasta que por fin consigo situarla y que se agarre al pecho.

¿Cómo le digo a Jace que no he vuelto para siempre? ¿Que solo le sugerí que viniera porque necesitaba advertirle sobre Luka?

Mirando fijamente a Astrid, no quiero irme. Aquí es exactamente donde debería estar, con ella.

¿Pero qué pasa con Jace?

CAPÍTULO TREINTA Y CUATRO

JACE

He cometido errores. No soy un hombre inocente, pero nunca le haría daño a Astrid o a Olivia a sabiendas.

Le daré a Olivia todo el tiempo que necesite para darse cuenta de que quiero lo mejor para ella. Está de vuelta en mi vida, de vuelta en el complejo, pero está ligeramente retraída. He considerado que probablemente sean sus hormonas. Dio a luz hace unas semanas y dejar a Astrid no debe haber sido fácil.

Sabía que estaban unidas, y debería haber sido más

firme para que Olivia se quedara en el recinto, o al menos fuera una parte esencial de la vida de Astrid.

Le traigo a Olivia una camiseta seca, una de las mías, que puede ponerse mientras termina de dar de comer a Astrid y la acuesta en la cuna para la siesta.

—Gracias —dice y se la pone por encima de la cabeza.

—¿Querías hablar?

Se muerde el labio inferior y evita el contacto visual.

—Sí —susurra.

Alargo la mano y le rozo con el pulgar el corte en los labios.

—¿Qué ha pasado? —quiero la verdad.

—Luka —susurra, mirando al suelo.

—¿Se presentó en el apartamento? —pregunto. Tendré que hablar con Ryder. Nunca mencionó que Luka se pasara por su casa—. ¿Cuándo?

—Un par de horas antes de que apareciera hoy —susurra Olivia.

Me trago el nudo que se me forma en la garganta. Tengo miedo de preguntar, pero necesito la verdad.

—¿Qué quería?

—¿Qué no quiere cuando se trata de hacer tu vida un infierno? —dice Olivia—. Quiere separarte de Astrid.

No debería sorprenderme, pero me inquieta el hecho de que haya aparecido para darle un mensaje a Olivia. Hay algo raro en todo esto. Dejo que mi pulgar roce suavemente el daño en su labio.

—No me gusta que te haya maltratado en el proceso de amenazarme —digo.

—Debería haberme protegido mejor —susurra Olivia, con su mirada fija en la mía.

—No —no voy a dejar que cargue con la culpa del monstruo que es Luka Caruso—. Esto no es de ninguna manera tu culpa. Tendría que haber habido un guardia apostado fuera de tu apartamento. Me olvido de mencionar las imágenes de vigilancia, que deben haber sido manipuladas si Ryder no fue alertado de la visita.

Quiero volver a comprobar las imágenes. Necesito saber sin lugar a dudas que Ryder no está trabajando para Luka e ignoró el ataque. Aunque confío en mis hombres, siempre tengo que tener cuidado para asegurarme de que tampoco soy ingenuo y estúpido. Hice investigar a Markus después del secuestro de Olivia. Estaba limpio, ¿pero lo está Ryder?

—Tengo un par de cosas que hacer mientras Astrid duerme la siesta —digo.

—¿Te importa si me quedo aquí con Astrid? —mira la cuna como si no quisiera separarse de la niña dormida.

—Claro, si te cansas, puedes acostarte en mi habitación —le señalo la puerta contigua.

No hemos resuelto los arreglos para dormir. ¿Estamos juntos o me estoy haciendo ilusiones sin motivo?

La dejo sola en el cuarto del bebé con Astrid y me escabullo silenciosamente hacia la habitación contigua y luego hacia la puerta principal, para no despertar a mi hija.

Bajo las escaleras hasta mi despacho, queriendo ver las imágenes de vigilancia por mí mismo. No había ninguna cámara dentro de su apartamento. No quería espiarla, pero el exterior de la puerta principal de su apartamento no estaba en absoluto fuera de los límites.

Es mi edificio. Soy el dueño del maldito lugar.

Enciendo la luz del despacho. La habitación está bastante fría y me siento en la fría silla de cuero. Hace tiempo que no vengo aquí. He descuidado mis obligaciones laborales por criar a una niña.

Con el tiempo, volveré a hacerlo cuando las cosas se calmen. Debería considerar la posibilidad de contratar a una niñera para que me ayude con Astrid, pero la idea de que un extraño cuide a mi niña me destroza por dentro.

—Señor —dice Matteo, mientras asoma la cabeza en el despacho—. ¿Tiene un minuto?

—Entra y cierra la puerta, ¿quieres?

Matteo hace lo que se le pide. Lleva varias hojas de papel, impresiones de algo. No me molesta concentrarme en el negocio -la mafia o las Industrias Barone- en este momento. Mi atención está completamente en Olivia y Luka.

En mi familia.

Enciendo el portátil y tecleo mi contraseña, esperando a que la máquina se inicie.

—¿Qué es eso? —pregunto, viendo la pila de páginas que ha impreso. Son copias de algo, pero ¿qué es lo que tiene que enseñarme?

—Me alegro de que te sientes —dice Matteo.

—No me gusta cómo suena eso —refunfuño en voz baja.

Se oye la estática en la habitación y miro a mi derecha.

Encima del archivador verde oscuro está el monitor del bebé. Está encendido y transmitiendo desde la habitación del bebé. Lo dejé enchufado y me olvidé del maldito aparato. No es que haya dejado a Astrid sola más de cinco minutos. Incluso cuando duerme, suelo tenerla a mi lado o acurrucada contra mi pecho.

—Ojalá supiera qué hacer. La voz de Olivia se escucha a través del monitor del bebé.

—Te juro que si despierta a Astrid —murmuro.

Matteo levanta una mano para que espere.

—Creo que debería escuchar —dice y se acerca al monitor, subiendo el volumen.

—¿Quieres que espíe a la madre de mi hijo?

¿Ha perdido la cabeza?

Puede que no haya dormido mucho últimamente, especialmente con Astrid ahora en casa, pero Matteo ha estado manejando el negocio.

—¿El trabajo es demasiado para ti? —le pregunto.

Su mirada se tensa, y su mandíbula se tensa. Golpea los papeles sobre mi escritorio, dejándome ver lo que sea que lo tiene en vilo.

—Tu chica, Olivia, sea lo que sea, está jugando contigo.

No le creo.

Miro los recibos del banco. Hay un depósito en su cuenta por quinientos mil dólares, y no es de mi parte.

—¿Rastreaste la cuenta que depositó los fondos? —le pregunto. No puede darme trozos sin tener ya una explicación en mente.

—Sí, y va a una empresa fantasma. Cuando indagué un poco más, pude señalar a Luka Caruso. Señor, está jugando con usted.

No me lo creo.

No puedo creerlo.

—Ella no haría eso —digo, mirando las pruebas. ¿Es por eso que quería que la trajeran de vuelta al complejo, para secuestrar a mi hija?

—Ella lo haría, y lo hizo. También reservó dos billetes de avión a las Maldivas —me muestra una copia del recibo del vuelo no reembolsable que sale mañana.

—¿Las Maldivas? Hay leyes de extradición —digo. No puede robarme a mi hija y huir.

—En las Maldivas no, y en los casos de custodia parental, incluso la mayoría de los países que permiten la extradición no siempre la cumplen.

Aunque no tiene pasaporte para Astrid, no sería difícil que le falsificaran uno, sobre todo por una escoria como Don Caruso. Si la está ayudando a huir del país, probablemente tenga el papeleo que ella necesita para irse.

La voz de Olivia llega a mi oficina a través del monitor para bebés.

—Todo lo que quiero es protegerte —susurra—. ¿Cómo puedo hacerlo con dos familias mafiosas peleando por ti?

—Quiero que se aumente la seguridad en el recinto. Que traigan a todos los soldados y capos para asegurarse de que Olivia no secuestre a mi hija.

No me molesto en mirar las imágenes que vine a ver a mi oficina. No importa. Es irrelevante ahora que he visto la verdad y he oído lo suficiente en el monitor para confirmar mis sospechas.

Me pongo de pie. Mi silla chirría al deslizarse contra el suelo de madera detrás de mí.

—Que se arme la alarma y que dos de mis hombres se sitúen fuera de la guardería. Quiero que otros dos hombres sigan a Olivia a cualquier sitio que vaya. Si va al baño del otro lado del pasillo, quiero saberlo.

Agarro los papeles en mi puño, las páginas se arrugan mientras salgo furiosamente de mi despacho y subo las escaleras. Lo último que quiero es despertar a Astrid, pero necesito respuestas de

Olivia, y no estoy seguro de que me vaya a gustar lo que diga.

CAPÍTULO TREINTA Y CINCO

OLIVIA

Astrid está profundamente dormida.

Sus pequeños brazos y piernas dan patadas de vez en cuando mientras duerme. Me coloco sobre su cuna, observando sus movimientos. Es perfecta.

—Aléjate de la cuna —ordena Jace al entrar por la puerta de la guardería.

Markus y Vincent están en la entrada del dormitorio de Jace. La mano de Vincent está en su funda en la cadera. Detrás de Jace están Matteo y Ryder.

—¿Qué está pasando? —susurro, pasando la mirada de los otros hombres a Jace.

Lleva en la mano varias hojas de papel, impresiones de algo que lo ha puesto nervioso.

—¿Luka te ha amenazado? —pregunto. No me extrañaría que el mafioso se presentara hoy en mi apartamento.

Jace se burla en voz baja y me agarra del brazo, arrastrándome a la fuerza fuera de la guardería.

—¿A dónde vamos? —pregunto, encogiéndome de hombros para zafarme de su agarre.

Es fuerte y me agarra con fuerza mientras me lleva por el pasillo.

—Debería meterte en la cárcel del sótano —su voz no tiene ni pizca de piedad ni de amabilidad—. Pero no lo haré. Me arrastra hasta su despacho y cierra la puerta de golpe. A través del cristal esmerilado, puedo ver a los hombres de pie en el lado opuesto.

Pero estamos solos.

El leve crujido del monitor del bebé resuena en la habitación cuando Astrid gime de sueño.

—No sé qué crees haber oído —digo, pasando la mirada del monitor del bebé a él.

¿He dicho algo que no debía sobre las amenazas de Luka? Ni siquiera recuerdo lo que dije dos minutos antes. Mi cerebro está en la niebla. El miedo me atenaza.

Tira las páginas de documentos, impresiones de algún tipo de documentación por todo su escritorio de roble.

—Deja de mentirme —se acerca, invadiendo mi espacio personal. Su mirada de piedra me atraviesa —. ¿Cuánto tiempo llevas trabajando con Luka? ¿Desde el principio?

Él ya sabía que Luka me amenazó y forzó mi mano para conseguir información sobre el pendrive.

—¿De qué estás hablando? —pregunto, sin entender su enfado hacia mí—. No trabajo para Luka ni con él. Es un monstruo.

—¿Es eso cierto? Solo le sacas dinero. Quinientos mil dólares de dinero —dice Jace. Señala las páginas en el escritorio, golpeando la hoja de papel como prueba.

—No es cierto. El único dinero que he recibido es de ti.

—No me mientas. He visto la declaración, las transacciones, el rastro de papel. Incluso tienes dos billetes de avión a las Maldivas para mañana por la noche.

¿De qué está hablando? Luka ni siquiera me habló de los billetes de avión.

—Tiene que ser un montaje —digo, racionalizando lo que ha visto—. No he aceptado dinero de Caruso.

—Claro, casualmente llegó a tu cuenta. ¿No lo entiendes, Olivia? Él es tu dueño. Coger dinero de la mafia, no viene sin tener que pasar por el aro y con mil ataduras.

Cruzo los brazos sobre el pecho a la defensiva.

—Hoy no he mirado mi cuenta corriente. Luka lo hizo para tenderme una trampa. Quiere que me lleve a Astrid y huya del país.

—Entonces, ¿admites haber hecho planes y secuestrar a mi hija?

—¿Qué? Por supuesto que no. No reservé ningún billete de avión, y desde luego no reconozco el pago. Si el dinero está realmente en la cuenta, entonces él es el culpable.

¿Podría ser todo esto un completo malentendido?

Me meto la mano en el bolsillo del pantalón en busca del móvil.

Jace se queda mirando todos mis movimientos mientras desbloqueo el teléfono, abro la aplicación de mi banco y reviso el saldo de mi cuenta corriente.

—Debe haber hackeado mi cuenta —digo, mirando a Jace.

No puedo negar el pago de la suma global ni la deducción por la aerolínea, ninguna de las cuales hice.

—Qué conveniente —gruñe Jace. Me mira fijamente —. Deberías saber que no voy a dejar que secuestren a mi hija. He asegurado el recinto con guardias adicionales y tendré hombres vigilando todos tus movimientos.

No esperaba menos de un mafioso.

—Luka quiere que esto nos separe, que no confíes en mí. Te está poniendo nervioso —digo, tratando de razonar con él—. Quiere vengarse de que hayas matado a su padre.

—¿Y qué hay de ti? —ladea la cabeza, sin apartar su mirada de la mía—. ¿Es eso lo que quieres, venganza? Un niño por un niño.

—Quiero recuperar a mi hijo, pero sé que no es una opción. Y a diferencia de ti, Jace, no soy un monstruo. No le haría daño a Astrid.

Debería culpar a Jace. Después de todo, él es el responsable de destruir mi vida y asesinar a mi familia. Austin y John están muertos por el incendio que él ordenó. Pero mi matrimonio con John no era perfecto. No era nada cercano a lo ideal. Sin embargo, amaba a Austin.

—No quise herir a tu familia —dice Jace—. Fueron víctimas de la guerra.

Es fácil para él decirlo.

—Una guerra de la que mi familia nunca debió formar parte —le recuerdo—. ¿Cómo puedes prometer que mantendrás a Astrid a salvo cuando sigues luchando con Don Caruso? Nunca dejará de perseguirte.

No es que quiera alejar a Astrid de su padre. Es que quiero mantenerla a salvo. Huir a un país extranjero, mudarme al otro lado del mundo, donde estaré aislada de las pocas personas que conozco, no es lo que quiero. Pero haré lo que sea necesario para mantenerla viva.

Y si Luka sigue amenazándonos, ¿qué otra opción hay?

—Tienes razón. Tengo que poner fin a su reinado —dice Jace.

—¿Cómo piensas hacerlo? —pregunto.

Pasa de largo, ignorando mi pregunta. Jace abre la puerta del despacho, cuatro de sus hombres están de pie en la entrada del despacho, esperando sus órdenes.

—Markus y Vincent, quiero que ambos vigilen a Olivia. Matteo, haz que los Capos bajen a la sala de guerra y que los soldados estén preparados. Vamos a la guerra.

—¿Qué? —grito.

¿Le he oído bien?

—Jace, no. Esto es lo que él quiere. Tuvo que sospechar que investigarías mis registros financieros. ¿Por qué si no compraría billetes de avión?

—Llévenla arriba —ordena Jace a uno de sus hombres—. Y coge su teléfono. No quiero cabos sueltos ni filtraciones.

Markus me agarra del brazo y me aleja de Jace, llevándome de vuelta al hueco de la escalera. Me arrebata el móvil y se lo mete en el bolsillo.

Jace y varios de sus hombres se amontonan en otra habitación del pasillo y cierran la puerta tras de sí.

Me estremezco y me quito el brazo del agarre de Markus.

—No hace falta que me sujetes. Puedo subir las escaleras yo sola.

Me lleva a la habitación de Jace.

—Estaremos frente a tu puerta —dice Markus, advirtiéndome que si intento salir, no llegaré muy lejos.

—Bien.

¿A dónde voy a ir? Hombres como Jace y Luka tienen infinitos recursos para rastrearme.

Al menos no hay un guardia bloqueando mi entrada a la guardería. Compruebo cómo está Astrid. Por suerte, sigue profundamente dormida. Apago el monitor del bebé, lo desenchufo y abro la puerta, arrojándolo al pasillo con un fuerte golpe.

Cierro la puerta antes de que Markus o Vincent puedan objetar.

Astrid se contonea en su cuna, con los ojos cerrados, y sus pies patalean de vez en cuando mientras duerme. La observo, con cuidado de no hacer ningún ruido mientras duerme, ajena a los peligros que la acechan.

No se la quitaré a su padre. Yo no soy el monstruo. Además, no hay ningún lugar al que pueda ir donde Jace no pueda rastrearme y encontrarme. Lo ha dejado claro, investigando mis finanzas.

Debería estar enojado con él por traicionar mi confianza. Pero no lo estoy. Mi estómago se tensa y burbujea de ansiedad. Me retiro en silencio de la cuna y me meto en la cama de Jace.

Su olor está por todas las sábanas, la cama, incluso la habitación. Cierro los ojos mientras apoyo la cabeza en la almohada. Estoy acostumbrada a esconderme de mí misma, de mi dolor y del mundo que me rodea.

Justo cuando empiezo a dormirme, Astrid se despierta. Sus gritos son agudos y dudo que vuelva a dormirse pronto.

Salgo de la cama y entro en el cuarto del bebé, levantando a Astrid en mis brazos. La acerco al cambiador para cambiarle el pañal, lo que parece funcionar.

Sus ojos azules brillan por las lágrimas y sus mejillas están enrojecidas por el llanto. Le doy un beso rápido en la nariz.

—Lo sé, cariño. Yo también estoy preocupada por él.

Quizá debería estar enfadada con Jace, odiarlo por lo que ha hecho, por destruir a mi familia. Pero no lo odio.

Siento pena por Jace. Viviendo en las sombras como un don con el foco en él como un multimillonario. No es una vida fácil tener enemigos a cada paso, siempre teniendo que vigilar su espalda.

Hay una extraña sensación de consuelo al saber que si las tragedias no hubieran tenido lugar, Astrid no estaría aquí en mis brazos. Esos momentos me trajeron aquí, con ella.

Astrid gorjea y arrulla, y se acerca a mi dedo. Es perfecta. Todo en ella, excepto que su padre dirige la mafia.

CAPÍTULO TREINTA Y SEIS

JACE

—Nos estarán esperando —le digo a Matteo mientras estudiamos los planos del complejo Caruso.

—Sí, pero mi fuente me dice que tienen una pelea de perros programada para la medianoche, fuera de las instalaciones. Es probable que Luka no asista. Su segundo y una docena de sus hombres estarán tomando apuestas y monitoreando a la multitud. Debería darnos ventaja si esperamos hasta que sus hombres abandonen el recinto.

Espero que tenga razón. Nunca he sabido que a Luka le gusten las peleas de perros, pero cualquier cosa que implique un glorioso día de pago y actividades ilegales, le interesa invertir.

—No quiero dejar nuestro complejo débil. Todavía tenemos a mi hija arriba —les recuerdo a Matteo y a los capos. Tenemos que asegurarnos de que este lugar es una fortaleza antes de atacar.

—Podríamos poner a tu familia en una de las celdas de la prisión. Los muros son impenetrables, y si tienes la llave, nadie más podría llegar a ellos —dice Ryder.

Es uno de los capos más jóvenes que se ha abierto camino en poco tiempo. También es un idiota si cree que voy a meter a mi hija recién nacida en una jaula de metal.

—Debería dispararte por esa sugerencia —digo, mirando a Ryder.

Encarcelar a mi familia no es una opción para mantenerla a salvo. Estar encerrados en el recinto debería mantenerlos protegidos.

—Mis disculpas, Don Barone —dice Ryder, apresurándose a disculparse por su descarado y estúpido comentario.

Ignoro su afán. Es joven. Tonto. Y probablemente esté buscando avanzar en su carrera. Si no tiene cuidado, acabará muerto esta noche.

Matteo se aclara la garganta.

—Tiene a dos de los guardias más experimentados cuidando a su hija, señor. Le aseguro que incluso con nuestros soldados haciendo un ataque, la casa será impenetrable.

—¿Está dispuesto a arriesgar su vida por esa promesa? —pregunto, encontrando la mirada de Matteo.

Confío en el hombre, pero si mi familia acaba muerta, alguien tendrá que pagar. Quiero saber que, sin lugar a dudas, cuando salga a ordenar el golpe contra Luka, mi familia en el recinto permanecerá a salvo y fuera de peligro.

Sus ojos se estremecen antes de hablar.

Incluso Matteo se da cuenta de que no es una promesa que pueda garantizar.

—Eso es lo que he pensado. Quiero que los guardias se dupliquen arriba, fuera de la guardería. Cuatro hombres se aseguran de que mi hija esté a salvo.

—¿Y qué hay de su... Olivia? —pregunta Matteo.

—Ella está bajo mi protección mientras siga las reglas. En el momento en que ponga a Astrid en peligro, mátala.

Yo no me ando con rodeos.

¿Me importa Olivia?

Significativamente, pero no voy a arriesgar la vida de mi hija con una mujer que podría traicionarme. Ella no me ha demostrado sin lugar a dudas que es digna de confianza. Por eso hice que le quitaran el teléfono. No confío en que no se comunique con Luka y le advierta que estamos llegando.

—Sí, señor. Matteo no discute porque sabe que tengo razón.

————

No me despido. Ni a Astrid, ni mucho menos a Olivia.

Decir adiós significa que tal vez no pueda volver.

Eso no es una opción porque mi hija me necesita. Soy su padre.

Rodeamos el complejo de Caruso lo mejor que podemos. Está en el agua, lo que significa que tenemos que asegurarnos de que no pueda huir en su barco.

Matteo se dirige a la parte de atrás con seis soldados. Tienen órdenes de prender fuego al barco, pero no antes de romper los muros y entrar en el complejo.

No queremos alertarlo de que estamos llegando.

Hay docenas de guardias alrededor de toda la propiedad.

Hemos traído más. Por lo que veo, les superan en número y en capacidad, y nosotros tenemos el elemento sorpresa.

Pero conocen la disposición de las instalaciones. Nuestros planos son originales de la construcción del edificio. No podemos asegurar que los cambios que se hicieron estén contabilizados o si hay una sala de seguridad.

Luka no parece el tipo de hombre que se acobarda y esconde en un tiroteo. Pero algunos hombres tienen miedo de la muerte cuando acecha cerca.

Yo no.

He visto la muerte.

He luchado contra ella y he ganado. ¿Volveré a tener tanta suerte esta noche?

Miro mi reloj. Faltan dos minutos para la medianoche. Mis hombres están en posición. Un número importante de guardias ya ha abandonado sus puestos para la pelea de perros, pero todavía hay ocho hombres que cuento fuera de las murallas, vigilando el perímetro.

Tenemos que movernos en silencio. Cualquier posibilidad de que nos vean o escuchen nuestras armas y Luka huirá. Si no en su barco, entonces en uno de sus vehículos.

Tengo hombres asegurando el perímetro, colocando explosivos alrededor de las múltiples salidas, conectados por un detonador.

Mis soldados se han entrenado para esta batalla. Hemos esperado a que llegara este día, para eliminar a Don Caruso.

Mi auricular es seguro.

—Señor, tenemos movimiento en el pasillo trasero —dice Matteo al grupo.

¿Está Luka sobre nosotros? ¿Se ha enterado de nuestra llegada?

—¿Qué tipo de movimiento? —pregunto, cuidando que mi voz no suba mucho.

Dos guardias recorren el perímetro exterior. Tienen armas semiautomáticas en la mano, pero sus dedos no están en el gatillo. No parece que nos hayan detectado todavía. O si lo han hecho, fingen no haberse dado cuenta de nuestra llegada.

No me extrañaría que Luka huyera y no avisara a sus hombres.

Es un cobarde.

—¿Es Don Caruso? —pregunto.

—Sin confirmar —dice Matteo.

Hay un tiempo antes de que responda. Supongo que está mirando a través de unas gafas de visión nocturna, esperando el momento adecuado para ver al hombre de la entrada trasera.

—Negativo. Es un guardia que sale a fumar —dice Matteo.

No puede ser tan fácil matar al hombre en su patio trasero.

—La alarma ha sido desactivada —dice Bryce en el auricular.

Esa es nuestra señal de que es hora de moverse a mi orden.

Si no hubiera estado en la escena, Matteo estaría dando las órdenes. Pero necesito llevar a cabo esta misión y estar seguro de que Don Caruso está muerto.

Doy la orden, y los soldados se lanzan hacia adelante, moviéndose silenciosamente a lo largo del perímetro, eliminando a los guardias en el exterior, protegiendo el complejo.

Abrimos una brecha en la entrada. No es difícil con sus números reducidos, la pelea de perros comienza al otro lado de la ciudad en un viejo almacén que posee Caruso. Mi teléfono está en silencio, pero mis hombres saben que deben comunicarse conmigo si hay alguna actividad o movimiento sospechoso en nuestro complejo.

Afortunadamente, todo está en silencio.

Pero el silencio solo puede durar un tiempo. Nos colamos por la puerta principal, sin ser invitados. Desde el extremo opuesto del edificio, estalla una ráfaga de disparos que hace que nuestra misión pase de silenciosa a mortal.

No solo mortal para los hombres de Caruso, sino también para los nuestros.

Ordeno a la mitad de los soldados que me acompañan que se dirijan hacia el tiroteo y protejan a nuestros hombres. La otra mitad nos sigue mientras barremos el primer piso, habitación por habitación, eliminando a cualquiera que se interponga en nuestro camino con un arma.

Hay víctimas de la guerra. Luka no tiene familia, ni esposa ni hijos que me preocupe poner en peligro. Pero eso no significa que no haya gente inocente obligada por su mano bajo este techo. Está metido en muchas empresas ilícitas e ilegales, si alguna de ellas implica a mujeres o niños, no lo sé.

No puedo dejar que el pensamiento racional dicte mis órdenes.

Luka es un monstruo que debe ser detenido.

—Por aquí —ordeno a mis soldados que me sigan por las escaleras.

No hay señales de Don Caruso en el primer piso.

Lo encontraremos, y será obligado a pagar por sus pecados cuando lo hagamos. Su muerte será rápida, y aunque me daría placer torturar al bastardo que ha estado atormentando a mi familia, sobre todo, lo quiero muerto.

Varios guardias están en lo alto del rellano, esperándonos.

Disparamos a matar. Apuntando de un hombre a otro. Los guardias no llevan ningún tipo de Kevlar, y no tienen armas semiautomáticas mientras atacamos. Eso hace que el disparo sea más fácil de matar.

No nos esperaban.

Bien.

Antes de entrar en el segundo piso, vuelvo a cargar mi arma, barriendo habitación por habitación en busca de guardias o de alguien armado. Aunque nuestro objetivo es eliminar a Don Caruso, cualquiera que se interponga en nuestro camino es una amenaza.

Las habitaciones del segundo piso están vacías mientras revisamos los armarios, debajo de la cama, los baños y detrás de la cortina de la ducha, cualquier lugar en el que un cobarde como Caruso pudiera esconderse.

Vamos a la siguiente habitación.

Cuando llegamos a la última puerta, cerca del segundo conjunto de escaleras que bajan, me dirijo al interior.

Nos lanzan un bote de gas lacrimógeno, que llena la habitación y se extiende por el pasillo con la puerta entreabierta.

Los disparos provienen de todas las direcciones. No puedo ver a los hombres, pero los destellos de sus cañones y el sonido de los disparos me dan la dirección general.

El humo es solo eso, como una niebla que se extiende por la habitación. Es ligeramente incómodo, pero manejable. Mis hombres y yo hemos creado una tolerancia a la exposición repetida en el entrenamiento de mis soldados.

Dos paredes están cubiertas, la tercera está vacía.

Nos movemos rápidamente a lo largo de la tercera pared, disparando a los objetivos previstos a través de un manto de humo que nos cubre mientras nos acercamos a Don Caruso. Debe estar aquí, escondido con sus guardias, probablemente acobardado en la esquina.

Dos de mis hombres reciben una bala, una en el pecho y otra en el hombro.

Es peligroso, cuanto más nos acercamos, pero no me detiene ni me frena. No hay pensamiento, solo acción.

Varias balas se dirigen hacia mí. Una me roza la pierna. Es un disparo horrible si pretenden matarme.

Me sobrepongo al dolor y elimino a tres guardias. Cuanto más me acerco, puedo ver sus caras, las máscaras que les cubren del gas.

Arranco una de las máscaras, obligándole a respirar los odiosos gases, y agarro el cañón de su pistola, apuntando hacia el techo y golpeando al guardia en la cara con el arma.

Tose y resopla por la columna de humo, y su nariz gotea sangre por el golpe en la cara. No me cuesta mucho ponerlo de culo con mis puños, dos golpes en la cara, y se tambalea antes de que sus rodillas se doblen y cedan.

Mis hombres desarman a otros dos guardias durante la pelea, y detrás de mí se oye el sonido lejano de pasos.

Refuerzos.

¿Son los hombres de Caruso o los míos?

—Matteo, habla conmigo. Estoy en el segundo piso, en la escalera trasera, en la última habitación —digo, esperando que me llamen por el auricular.

Ha estado en silencio de radio por un tiempo. Demasiado tiempo para mi gusto.

¿Sus hombres detuvieron a Matteo y a los soldados en la entrada trasera? Había habido un tiroteo, pero había enviado unidades adicionales para ayudar.

¿No fue suficiente?

Luka está en la esquina, detrás de los dos últimos guardias que lo protegen.

Caen, pero no ha terminado.

Los disparos surgen por detrás de nosotros, eliminando a mis guardias. Caruso nos dispara desde el lado opuesto. El humo es una fina bruma que me permite ver a los hombres armados que nos disparan.

Una docena de soldados están armados y nos apuntan con sus armas. Los refuerzos no son mis hombres.

La estática crepita a través del auricular.

¿Están interfiriendo nuestra señal, o han matado a todos mis hombres?

—Ríndete y te dejaré vivir —me grita Luka desde la habitación. Da varias zancadas hacia mí.

No hay ningún lugar al que pueda ir. Si disparo a Luka, muero.

Su pistola me apunta a la cabeza, con el seguro quitado, y una docena de soldados más me apuntan con sus armas.

Joder.

—¿Qué vas a hacer, Jace? —pregunta Luka.

Me entretengo. Con suerte, no acabará en mi muerte.

—¿Qué tal si hacemos un trato?

La risa de Luka es oscura y siniestra.

—¿Crees que tienes algo por lo que merezca la pena negociar? —sacude la cabeza, mirándome por encima—. No hay nada que puedas ofrecerme que yo quiera. Has asesinado a mi padre. Te quiero muerto.

—Se dice que ni siquiera te caía bien tu viejo.

—¿Qué? ¿Esperas un agradecimiento por matarlo y permitirme gobernar la ciudad? —pregunta Luka. Guarda silencio por un segundo. Una sonrisa oscura cruza sus rasgos—. Hay algo que quiero, y tal vez deje vivir a tu niña. A ti, en cambio, estoy dispuesto a enterrarte.

—No vas a tocar a mi hija —me quejo, con el labio superior gruñendo de disgusto.

Luka se encoge de hombros.

—¿O qué, me matarás? Estarás muerto, viejo —se ríe y sacude la cabeza, manteniendo la pistola apuntando a mi sien—. Mejor aún, traigo a esa novia tuya tan estrecha a mi casa, me la follo como se merece de un hombre de verdad, y le doy la familia que tú no puedes. La que tú le robaste.

Se me seca la boca. Miro fijamente su fría mirada, retándole a que me mate. A que acabe con mi sufrimiento.

Los disparos surgen detrás de los soldados.

La estática vuelve a crepitar en el auricular.

—Jefe, le cubrimos la espalda —dice Matteo.

Nunca me había alegrado tanto de escuchar su voz en mi vida.

Los guardias se vuelven hacia los disparos que se acercan, protegiendo a su don, dejándolo vulnerable ante mí.

Es Luka contra mí. Pero siento que estoy luchando contra el mundo por la supervivencia. Si Luka gana, mi familia está en peligro. No solo mi familia de la mafia, sino Astrid y Olivia.

Me niego a caer sin luchar.

—¡Dejarás a mi familia en paz! —tiré del cañón de la pistola hacia arriba y me alejé de su agarre.

Su rodilla se estrella contra mi ingle, haciéndome ver las estrellas. El roce de la bala duele, pero esto es más cruel.

Se me revuelve el estómago, pero sigo luchando, me trago el dolor y mantengo la cabeza alta. Le doy un puñetazo en la cara, haciéndole retroceder.

Don Caruso se tambalea, pero se recupera. No va a caer tan fácilmente, pero ha soltado la pistola y se ha deslizado por el suelo. Es un luchador entrenado. Es algo que viene con el territorio de ser parte de la mafia.

—Voy a convertir a tu puta en mi esposa —amenaza Luka, bajando la cabeza y lanzándose contra mi pecho, haciéndome caer de espaldas contra la pared.

Agarro a Luka por el pelo y lo arranco de mi cuerpo antes de darle un rodillazo en la ingle y una patada en el estómago cuando está doblado. Cae al suelo y busca la pistola abandonada en el suelo.

Mierda.

Me lanzo hacia el arma, pero llego demasiado tarde.

Es más rápido, gira en el suelo y me apunta con el cañón, con el dedo en el gatillo.

¡Bang!

El dolor me atraviesa antes de caer al suelo.

La oscuridad.

CAPÍTULO TREINTA Y SIETE

OLIVIA

Astrid está profundamente dormida en su cuna junto a la cama.

Hay una conmoción fuera de la puerta y voces en el piso de abajo. No es solo una charla entre los hombres que me vigilan.

¿Qué está pasando?

Me callo, mis pasos son silenciosos mientras me dirijo a la puerta. Necesito saber si estamos en peligro. ¿Está Astrid a salvo?

¿Qué pasa con Jace y sus hombres?

En cuanto abro la puerta, Markus cruza los brazos sobre el pecho y me mira fijamente.

—Vuelve a la cama.

Son más de las dos de la mañana, pero no me importa. No puedo dormir.

—¿Qué está pasando? —pregunto. Es difícil dormir con el jaleo de abajo, por no hablar del hecho de que Jace está en una misión para detener a Don Caruso.

¿Cuándo no está en una misión para matar a ese delincuente?

—¿Ha vuelto Jace?

Markus me mira a mí y a Vincent. Esos dos han estado muy unidos últimamente, vigilando mi trasero en todo momento.

—¿Qué es lo que no me dices? —puedo sentir la pesadez de su silencio, y hace que se me hunda el estómago.

—Jace está abajo, pero le han disparado —dice Markus.

Al menos tiene la integridad de decirme la verdad.

—¿Cómo que le han disparado a Jace? ¿Por qué no está en el hospital?

—Eso no es una opción —dice Vincent y se aclara la garganta—. Vuelve a tu habitación.

—No —digo desafiante y cruzo los brazos sobre el pecho—. Quiero ver a Jace.

—A menos que sepas hacer una operación para extraer una bala y coser a un hombre, vuelve a tu habitación —me ordena Vincent a gritos.

Nunca me agradó Vincent. Markus, por lo menos, es bastante agradable para estar cerca. Mi mirada se tensa y me muerdo el labio inferior. No hay posibilidad de que me cuele entre los guardias con Markus y Vincent al lado de la puerta, y hay dos hombres más en la puerta de la guardería.

—Vuelve a tu habitación y vete a la cama —dice Markus.

—¿Pero qué pasa con Jace? —pregunto.

¿Cómo pueden esperar que duerma sabiendo que está herido y que su vida está en juego?

Vincent abre la puerta del dormitorio y me empuja dentro, cerrando la puerta tras de sí.

—Imbécil —murmuro.

No puedo hacer mucho más que esperar.

¿Qué pasa con Luka? ¿Sigue vivo ahí fuera? ¿Tomará represalias?

———

Apenas he dormido en toda la noche, y cuando el pomo de la puerta de la habitación gira y la cerradura hace clic, me incorporo.

—¿Jace?

Doy un suspiro de alivio cuando entra a trompicones en el dormitorio. Las cortinas están cerradas, pero hay luz que se asoma por las persianas.

Miro el reloj y veo que son casi las once de la mañana. Esta mañana me quedé dormida en algún momento bastante tarde o temprano.

Está descalzo, sin camisa, con el pecho desnudo pero vendado sobre el hombro.

Me levanto de la cama, queriendo verlo, tocarlo, y saber que esto no es un sueño.

—Estoy bien —dice entre dientes apretados.

—Sí, pareces estar bien. Se ve como el infierno, pero no lo digo. Al menos no con tantas palabras.

Tiene el pelo revuelto. Tiene una mancha de sangre en la mejilla. Sus pantalones son lo único que parece normal en él. Los pantalones negros hacen difícil ver si hay manchas de sangre, pero están rotos.

La sangre en su mejilla, ¿es suya o de otra persona?

—¿Qué ha pasado? —pregunto.

Necesito saber si se ha acabado. Si Astrid y yo ya no estamos en peligro. Pero, ¿alguna vez puede terminar realmente? Incluso si Luka está muerto, ¿no habrá otra serpiente que se levante y tome su lugar?

El hombre tenía un buen número de asociados. No es un secreto que amenaza a la ciudad.

—Entramos y atacamos su complejo —dice Jace.

Sus ojos son lánguidos mientras evita mi mirada.

Me bajo del colchón y me pongo delante de él, bloqueando su camino. Tiene que contarme más cosas. ¿Estamos a salvo?

—¿Qué ha pasado ahí dentro? —le pregunto—. Tus hombres no me dijeron nada.

Sus palabras no contienen ningún indicio de emoción.

—Bien.

—¿Bien? Jace, ¿qué está pasando? ¿Luka está muerto? —nunca he deseado tanto el asesinato de alguien en mi vida. Matar está mal. La muerte es definitiva. Pero de alguna manera, acabar con la vida de Luka es el tipo de cierre que necesito.

—Su cabeza está abajo si quieres verlo por ti misma.

Me tropiezo con la cama.

Jadeo ante su franqueza. Siempre ha sido descarado, pero esto es algo más.

Más oscuro. Más áspero. Menos refinado.

—Por favor, dime que no lo dices en serio —digo.

—Mis hombres mataron al bastardo que ha estado amenazando a mi hija y a ti. Jace se dirige al baño.

—¿Adónde vas?

—A ducharme —gruñe.

¿Acaso no sabe nada de heridas y curaciones?

—No puedes con el vendaje. Vas a tener que mantener la herida seca y limpia. Necesita tiempo para curarse.

—No me digas lo que puedo y lo que no puedo hacer —suelta.

Respiro con fuerza cuando entra en el cuarto de baño y cierra la puerta de un portazo; los cuadros de la pared suenan.

Astrid grita, despertando de su sueño.

CAPÍTULO TREINTA Y OCHO

JACE

Me meto en la ducha caliente, con el chorro a mi espalda, dejando que el agua recorra mi cuerpo.

Odio que Olivia tenga razón. Sé cómo cuidar una herida reciente. ¿Cree que es la primera vez que me disparan?

No lo es y probablemente no será la última.

Inclino la cabeza hacia atrás, dejando que el agua me empape el pelo. Me apresuro a ducharme, pero sobre todo necesito el tiempo a solas.

Olivia invade todos mis pensamientos. Incluso

cuando el médico de abajo me sedó fuertemente, soñaba con ella.

Me seco, el vendaje está seco salvo por la humedad del aire, que lo hace un poco húmedo. Por suerte, el médico utilizó un apósito impermeable en la herida.

No llevé ninguna ropa al baño. No suelo hacerlo cuando me ducho, pero tampoco estoy acostumbrado a compartir mi habitación con nadie.

Me enrollo la toalla alrededor de la cintura y salgo del baño. El vapor caliente me sigue.

La medicación que me ha dado el médico me ha ayudado a mitigar el dolor y probablemente algunos de mis sentidos.

Olivia está estirada en el colchón, con las piernas enterradas bajo las sábanas. Sostiene a Astrid mientras la alimenta, acurrucada contra su pecho.

Intento no mirar. Es la primera vez que Astrid está callada, excepto cuando duerme, lo cual no es frecuente. La niña tiene tremendo par de pulmones. Probablemente lo heredó de su madre.

Hay calzoncillos en el cajón superior de mi cómoda. Atravieso la habitación, con la toalla ajustada a la cintura. La bala que me rozó la pierna fue superficial. No me duele, pero también podrían ser los narcóticos recetados, que me hacen sentir como si flotara en el aire.

Dejo caer la toalla y me visto.

Olivia me mira. Abre la boca pero la cierra.

—¿Qué es eso? —le pregunto. No dice nada, pero lo estaba contemplando y quiero saber qué está pensando.

—No sabía lo de las cicatrices —dice mientras echa un vistazo a mi espalda.

Un buen número de heridas han dejado huella, desde heridas de bala hasta, literalmente, una puñalada en la espalda.

—Hay muchas cosas que no sabemos el uno del otro. No pretendo resultar cortante y abrasivo, es algo que sucede de forma natural.

Me pongo los calzoncillos y los pantalones de deporte y me siento en el borde de la cama. Me salto la camiseta.

—Con Luka muerto, estás a salvo. Nadie te hará daño. Te prometo que estás bajo mi protección, tanto si decides quedarte con nosotros como si te vas.

Se queda en silencio y mira de mí a Astrid mientras la pequeña tigresa se queda dormida.

Me acerco más, y mi brazo le da un empujón mientras me siento con ella en la cama.

—Pero si te vas, Astrid se queda aquí, conmigo. Quiero dejar claro que puede irse en cualquier momento, pero no con mi hija.

—¿Me quieres aquí como madre de Astrid? —pregunta—. ¿O buscas algo más conmigo?

Sus mejillas se enrojecen y sonríe débilmente, mirando las sábanas.

Le quito un mechón de pelo de los ojos y se lo pongo detrás de la oreja.

Tímidamente, me mira.

¿Le da vergüenza hablar de lo que compartimos?

Fue sexo. Caliente y divertido, pero no hubo nada más. Ella tenía una necesidad hormonal, y yo satisfice esa necesidad.

¿No es así?

—Lo que compartimos, fue maravilloso, pero fue solo para satisfacerte mientras estabas embarazada —le digo, recordándole el acuerdo.

Primordial.

Abrasador.

Un sexo increíble.

Nunca me había puesto celoso antes de Olivia. Tampoco había deseado nunca una relación a largo plazo ni un compromiso de ningún tipo.

—¿Ha cambiado eso para ti? —pregunto, mirando fijamente su mirada azul pálido. En algún momento, entre ser amigos con beneficios y tener un hijo, anhelo más. Compañía—. Porque egoístamente te quiero aquí conmigo. Sabes mis secretos más oscuros, que soy un mafioso. ¿Aún quieres estar conmigo? —pregunto, dejando la elección en sus manos.

Nunca la forzaría. Es una elección que ella debe hacer, si esta vida es lo que quiere formar parte con Astrid y conmigo.

Es oscuro.

Peligroso.

Y puede llevar a la pérdida y el dolor de corazón, pero vale la pena para mí.

No la culparía por querer una vida normal, un comienzo tranquilo y fresco sin recuerdos de su pasado y del daño que he causado en el camino.

—Sí, pero no quiero estar encerrada en un dormitorio obligada a seguir las órdenes de tus guardias.

¿No ve que la mantuve aquí para mantenerla a salvo?

—Era solo para tu protección mientras atacábamos a la familia Caruso. No eres un rehén. Puedes ir y venir cuando quieras. Sin embargo, me gustaría mantener un detalle de seguridad sobre ti. Mafia o no, sigo siendo un multimillonario, y eso conlleva problemas que me persiguen.

Me da un suave y casto beso en la mejilla.

—¿Seguro que no quieres que un guardia me espíe?

No sé si está bromeando o hablando en serio.

—No lo haría —digo.

—Bien —dice, entregándome a Astrid—. Deberías hacerla eructar y cambiarle el pañal, papá.

La miro fijamente.

—¿Papá?

—¿Qué? ¿Prefieres que te llame papá o don? —Olivia sonríe.

—Papá está bien, pero no soy tu papá.

Olivia resopla y pone los ojos en blanco.

—Será mejor que no lo seas. No necesito que me des tiempos muertos ni que me pongas en un rincón por portarme mal. Me saca la lengua juguetonamente.

¿Es esto lo que me espera, que le enseñe a nuestra hija a ser una mocosa por aquí?

Retiro a Astrid de su abrazo y cojo el trapo de bebé, poniéndolo sobre mi hombro mientras hago eructar a la pequeña. Está creciendo rápidamente. Cada día me enamoro más de ella. ¿Cómo es posible?

—Gracias —digo.

—No me lo vas a agradecer durante mucho tiempo —Olivia me mira con una sonrisa—. No te olvides de cambiarle el pañal —dice y arruga la nariz—. Esa niña sabe dejar un rastro apestoso.

—Gracias por darme a Astrid —aclaro. No le estaba dando las gracias por entregarme a mi hija con el pañal lleno de caca.

Ella no tenía que aceptar ser una madre de alquiler.

Claro que la paga es agradable, pero después de todo lo que había pasado, podría haberse alejado o luchar por la custodia y destruir mi vida y mi reputación.

EPÍLOGO

TRES AÑOS *después*

Olivia

—¡Mira, papi! —chilla Astrid mientras corre hacia Jace, llevando el palillo de embarazo que ha robado del baño.

La niña tiene una sincronización impecable.

La perseguiría, pero es como un rayo y ya ha hecho su anuncio. No solo delante de Jace, sino de media docena de sus mejores hombres.

—¿Qué tenemos aquí? —pregunta Jace, con una

sonrisa en la cara mientras extiende la mano para que Astrid le entregue el palillo.

Me paro torpemente en la puerta de su despacho.

Mierda.

No es así como pensaba decírselo.

Ni siquiera me había planteado cómo iba a anunciar la noticia de que estábamos embarazados de nuestro segundo hijo.

—Señores, ¿pueden darnos un momento? —pregunta Jace.

Salen de la habitación, uno por uno. Una pequeña parte de mí quiere salir corriendo con ellos, dejar que Jace y Astrid se las arreglen para leer el palillo mientras yo compro un helado y luego me echo una siesta.

Él sube a Astrid a su regazo.

Jace siempre parece un hombre de negocios con su traje perfectamente confeccionado. No parece importarle que el vestido de Astrid tenga una pizca de miel en la parte delantera. Mantener a la niña limpia ha sido una tarea infernal.

—¿Se lo has dicho a Astrid antes que a mí? —pregunta Jace. No parece molesto, solo perplejo por el hecho de que su hija haya entrado corriendo en su despacho sin avisar.

—No, y desde luego no quería que se enterara así delante de todos tus hombres —digo, adentrándome en su despacho.

Jace se ríe y se echa hacia atrás en su silla.

—No son todos mis hombres. Pero son mis mejores y más dedicados empleados. Excluyendo a la empresa actual.

—Hace tres años que no trabajo para ti —digo, recordándole que elegí la familia antes que el trabajo.

Cuidar de Astrid es un trabajo a tiempo completo, al igual que mantenerla a salvo. No podía confiar en una niñera para que hiciera eso con nuestra hija. No cuando Jace vale miles de millones. Hay demasiada gente que se aprovecharía de él, o que podría hacer daño a nuestra pequeña.

Además, en mi tiempo libre, tengo la oportunidad de pintar. He tenido la suerte de vender un puñado de lienzos. No es que necesitemos el dinero, pero se siente bien cumplir uno de mis sueños.

—Entonces, ¿es oficial? —pregunta, señalando el palillo del embarazo—. ¿Cuántos has probado?

¿De verdad cree que es un falso positivo? No es que hayamos sido cuidadosos últimamente. Ahora que estamos casados, no nos hemos preocupado por la protección. Y ha hecho saber que quiere un varón.

Como si tuviera una opción en el asunto del sexo del bebé.

—He tomado suficientes para saber o su control de calidad es una mierda, o voy a tener un bebé.

—¡Sí! —los ojos de Astrid se abren de par en par y aplaude emocionada—. ¡Voy a ser hermana mayor!

Jace se ríe y le da varios besos en la mejilla.

—Serás una hermana mayor —dice—. No sabremos si el bebé es niño o niña hasta dentro de unos meses.

—Oh —Astrid frunce el ceño, confundida. Salta del regazo de Jace y se apresura hacia la puerta—. ¿Puedo comer galletas?

—Una —le digo.

La casa es segura, segura para que una niña corra sin preocuparse de ningún peligro. Sale del despacho y se precipita por el pasillo mientras sus suaves pasos se dirigen a la cocina.

Jace me tiende los brazos y yo caigo con gracia sobre su regazo, con los brazos alrededor de su cuello.

—¿Estás preparado para un segundo hijo? —le pregunto.

—¿Lo estás? —se acerca y su aliento me acaricia la oreja—. ¿Recuerdas todos esos sueños sucios que tenías conmigo cuando estabas embarazada de Astrid?

Apoyo mi frente contra la suya. ¿Cómo podría olvidarlo?

—Oh, lo recuerdo. También recuerdo que el médico nos aconsejaba sobre las posiciones.

—Sí, esta vez no necesitaremos sus consejos —dice Jace con una amplia sonrisa—. Sé cómo satisfacer a mi mujer.

———

Gracias por leer Voto Involuntario. Espero que hayas disfrutado de la historia de Olivia y Jace.

¿Quieres más de la serie Matrimonios de la Mafia? Haz clic en Voto Despiadado para disfrutar de un tórrido romance a fuego lento que reúne a todos tus mafiosos favoritos de la serie.

Los hombres dicen que estoy engendrado con los rusos, que debería ser Bratva.

Tengo fama de ser el italiano más vicioso y despiadado del mundo. No se equivocan.

Asesiné a mi jefe y robé su trono.

Él me convirtió en la bestia que soy, y le hice pagar el precio.

Pero hay una chica que quiero a mi lado mientras gobierno la ciudad.

El único problema, es que es rusa y la hermana pequeña de mi enemigo. Es inocente, ingenua y no tiene ni idea de lo que pienso hacerle a su familia.

Estamos en guerra con los Bratva...

Han amenazado a nuestras mujeres, niños y han intentado quemar nuestras casas hasta los cimientos. Han venido a por nuestra organización, han robado nuestros envíos y nos han presionado.

Los Dons y nuestros hombres de mayor confianza deben reunirse en Chicago para destruir a los Bratva.

Este libro de suspense romántico, candente y a fuego lento, es el quinto de la serie Matrimonios de la Mafia. Aunque es un libro independiente, cuenta con los hombres de la mafia de los libros anteriores y se disfrutará aún más si has leído toda la serie.

¡Voto Despiadado con un solo clic!

REGALOS, LIBROS GRATIS Y MÁS COSAS

Espero que hayas disfrutado de Voto Involuntario y que te haya encantado la historia de Olivia y Jace.

Apúntate a mi boletín de Willow Fox

Si has disfrutado de Voto Involuntario, tómate un momento para dejar una reseña. Las reseñas ayudan a otros lectores a descubrir mis libros.

¿No estás seguro de qué escribir? No pasa nada. No tiene que ser largo. Puedes compartir cómo descubriste mi libro; ¿fue una recomendación de un amigo o de un club de lectura? Deja que los lectores sepan quién es tu personaje favorito o qué te gustaría que pasara después.

Gracias por leer. Espero que consideres la posibilidad de unirte a mi lista de correo para recibir libros gratuitos, promociones, regalos y noticias sobre nuevos lanzamientos.

SOBRE LA AUTORA

A Willow Fox le gusta escribir desde que estaba en el instituto, hace muchos años. Sus romances de pueblo reflejan la vida en un pequeño pueblo de la América rural.

Tanto si está escribiendo novelas románticas como si está sentada junto a una hoguera leyendo un buen libro, Willow adora la magia de la palabra escrita.

Sueña con que la barran con sus pies y espera hacer eso con sus lectores.

Puedes visitar su página web en:

https://authorwillowfox.com

TAMBIÉN DE WILLOW FOX

Serie Táctica Águila

Expuesto: Jaxson

Sigilo: Mason

Oculto: Lincoln

Encubierto: Jayden

Matrimonios de la Mafia

Voto Silencioso

Voto Cautivo

Voto Salvaje

Voto Involuntario

Voto Despiadado

Otros títulos de libros románticos disponibles en inglés, francés, alemán e italiano en shopwillowfox.com.